왜, 산티아고인가

Santiago

왜, 산티아고인가

Santiago

초판 1쇄 발행   2024. 9. 10.

지은이   나선영
펴낸이   김병호
펴낸곳   주식회사 바른북스

편집진행   김재영
디자인   김민지

등록   2019년 4월 3일 제2019-000040호
주소   서울시 성동구 연무장5길 9-16, 301호 (성수동2가, 블루스톤타워)
대표전화   070-7857-9719 | **경영지원**   02-3409-9719 | **팩스**   070-7610-9820

•바른북스는 여러분의 다양한 아이디어와 원고 투고를 설레는 마음으로 기다리고 있습니다.

이메일   barunbooks21@naver.com | **원고투고**   barunbooks21@naver.com
홈페이지   www.barunbooks.com | **공식 블로그**   blog.naver.com/barunbooks7
공식 포스트   post.naver.com/barunbooks7 | **페이스북**   facebook.com/barunbooks7

ⓒ 나선영, 2024
ISBN   979-11-7263-120-8 03810

왜, 산티아고인가

Santiago

글 · 사진
나선영

**지금까지의 모든 여행은
산티아고를 오기 위해서 한 것이 아닐까?**

같은 곳을 바라보며 때론 눈물로 때론 웃음으로 걸어갈 희망을 간절히 바란다.
나 그대 기다림에 있어서 기꺼이 감수할 수 있으니 동행하길 원한다.
우리는 그곳을 산티아고라고 말한다.

바른북스

Life is an Adventure

새벽 5시 알람 소리가 울린다.

몸이 기억한 듯 가방을 꾸리고 옷을 입고 신발 끈을 고쳐 매고 있다.

동이 틀 무렵 어스름한 새벽 찬 공기에 숲길과 자갈길을 뚜벅뚜벅 걷는다.

비몽사몽 잠이 깼다. 꿈이었다.

난 요즘 이런 꿈에 시달린다. 아니 아직도 그 길에서 빠져나오지 못하고 매일 걷는다.

언제 끝날지 모를 코로나의 긴 터널로 사람들이 고통스럽고 답답해할 때, 나 또한 여행의 목마름으로 무기력함을 느끼고 있을 때, 어느 추운 겨울 크리스마스이브 날, 지인으로부터 한 통의 전화가 걸려왔다.

여행을 할 수 없는 사람들을 위해서 이야기를 해달라는 강연 요청이었다.

설레고 떨렸다.

고민 끝에 수락을 하고 PPT 자료를 만들고 준비를 하는 동안 문득 마음속에 품고 있던 퍼즐 중 하나였던 버킷리스트가 꿈틀거렸다.

그렇게 산티아고가 운명처럼 다가왔다.

가고 싶다고 가게 되는 곳이 아니라, 때가 되면 그곳이 부른다고 했다면 지금이 아닐까!!!

나는 점점 여행자가 아닌 순례자가 되어갔다.

산티아고 순례길을 알고는 있었지만 그렇다고 자세히는 몰랐기에, 일하는 틈틈이 관련 자료를 찾고 정보를 수집하고 경험자들을 만나면서 나의 퍼즐은 구체화되고 욕구는 더욱 강해져 갔다.

가슴이 뛰고 싶었다.

그렇게 1년을 준비했다.

지금까지의 여행 패턴과는 전혀 달랐다.

체력을 단련해야 했고 특별한 준비물도 많아서 꼼꼼히 챙겨야 했다.

짐 싸기를 수없이 반복하면서 내 삶의 무게도 내려놓게 되었다.

가방의 무게가 인생의 무게라고 한다면 그만큼 책임감도 따를 거라 생각한다.

나는 왜 산티아고로 갔을까?

인생은 모험이다.

800km를 걷는다는 것은 어마어마한 일이다.

선택의 연속이면서 매일매일 새로 일어나는 일을 혼자 해결해야만 하는 외로운 길이다.

다국적 사람들과 문화, 직업, 연령 그리고 다양한 성격의 소유자들이 완주라는 하나의 목표를 향해 끝이 보일 것 같지 않은 길을 향해 걸어간다.

그곳에선 경쟁도 욕심도 질투도 있을 수 없다.

단지 먹고 자고 걷는 단순한 일상에서 나눔을 배우고 배려를 깨우치고 세상을 이해하는 지혜를 몸으로 부딪치며 스스로 알아가는 산티아고 순례길의 힘만 느낄 뿐이다.

개와 말, 자전거와 한 몸이 된 사람들, 그리고 불편한 다리로 남들보다 속도는 느리지만 표정만큼은 누구보다 해맑고 순수했던 백발의 노부부가 손을 꼭 잡고 걷는 뒷모습은 아름답다는 말로밖에 표현이 안 된다.

고요함 속에 발걸음 소리와 새소리, 바람 소리만으로 충분히 아름다운 곳, 풍경만으로 행복을 줄 수 있는 곳, 숨이 턱 밑까지 차올라도 시원한 레몬 맥주 한잔으로 행운아의 특권을 누릴 수 있는 곳이다.

나는 나의 선택을 믿는다.

과거의 나에겐 세상을 살아오면서 험난하고 돌부리에 부딪힌 일만 있는 건 아니었을까?

악명 높은 피레네산맥에서 비바람으로 앞만 보고 걸어야 했던 어설픈 발걸음과 짙은 안개로 길을 잃을뻔했던 낯선 몸놀림으로 앞으로만 걸어가야 했다.

혹독하게 매서운 신고식을 치른다.

현재의 나는 산티아고처럼 아름다운 길도 있다는 걸 알았다.

최고의 순간이었다.

영혼의 별을 만난 건 아닐까?

꿈 같은 시간이었다.

외로웠고 고독했으며 눈물도 흘렸고 한없이 기쁘기도 했다.

예수님이 나를 그곳으로 이끌어 주심에 감사한다.

조건 없이 모든 걸 용서하고 사랑하고 감사하려 한다.

앞으로 나는 순례자의 모습으로 살아가려 한다.

모든 날을 사랑하려 한다.

공감한다면 망설임 없이 주저하지 말고 이 길을 걸어가길 바란다.

우리는 그곳을 산티아고 순례길^{Camino De Santiago}이라고 말한다.

Buen Camino!!!!!

"영원히 살 것처럼 꿈꾸고, 내일 죽을 것처럼 오늘을 살라

Dream as if you'll live forever, Live as if you'll die tomorrow"

순례길에서의 일출은
최고의 순간을 만들어 준다.

contents

Life is an Adventure

목차

3.

로그로뇨
Logrono

4.

부르고스
Burgos

Saint Jean Pied de Port

대장정의 시작

1.

why. *santiago*

새로운 길

나는 여행가다.

틈만 나면 밖으로 나가려는 역마살 때문에 지구 한 바퀴를 돌고 45 개국을 다녀왔다.

무엇을 찾기 위해 세상과 마주하며 소통하고 다녔을까?

29년을 한곳만 바라봤음에도 불구하고 난 또다시 새로운 길을 찾으려 두리번거리고 있다.

그렇게 머뭇거리고 있을 때 산티아고가 갑자기 찾아왔다.

오롯이 걷기만 하는 여행은 어떨지 상상할 수 없다.

먹고 자고 걷는 것만이 일상의 전부라니…

과정은 쉽지 않겠지만 성취감은 클 것이다.

누구나 버킷리스트는 하나쯤 있다.

죽기 전까지 실행에 옮기는 사람들이 얼마나 될까?

반복되는 습관이 나를 안주하게 만들고 생각을 멈추게 한다.

복잡한 여행에서 단순한 여행으로 궤도를 이탈할 준비를 하려 한다.

단순함에서 오는 편안함과 여유로움이 나를 새롭게 리셋시킨다.

지금까지와는 전혀 다른 여행이지만 기회는 준비된 사람에게 오는 법.

더 나은 미래의 세계로 나를 이끌어 줄 거라 믿는다.

가본 적 없는 길, 밟아보지 않았던 길, 신들의 영역에 들어온 느낌으로 앞으로 나아갈 수 있는 힘을 얻는다.

지금 나는 나의 여행 이야기를 되돌아보게 되는 변화의 시작점에 서 있다.

한 번도 안 가본 사람은 있어도 한 번만 간 사람은 없을 정도로 다시 가고 싶게 된다는 길, 한번 걸으면 또다시 걷고 싶어 한다는 길, 한번 빠져들면 헤어 나올 수 없는 곳에서 깨달음을 얻는다.

내가 새로운 길을 가려는 이유이기도 하다.

식상할지 모르지만 천상의 나라에서 잠시 머물다 왔다.

걷기만 했는데 사실이다.

나는 아직 목마르다.

내 안에 꿈틀거리는 욕망이 처절하게 또는 치열하게 세상과 부딪혀서 해답을 찾고 싶어 한다.

내 인생은 아직 살만한 가치가 있기에 일상의 무거운 짐을 벗고 당당히 새로운 길로 걸어나가려 한다.

누군가 수없이 걸었던 길이
나에게는 처음 걷는 길이기에 새로운 길이 된다.

2.

떨림의 길

29년 만에 에펠탑 앞에 서 있다.

처음 여행을 시작할 때가 엊그제 같은데, 다시 만난 파리는 그 모습 그대로다.

가슴에 응어리가 툭 하고 밑바닥으로 떨어진다.

감회가 새롭다.

밤에 본 에펠탑 역시 눈이 부시게 아름답다.

달콤한 인생이다.

산티아고 순례길 중 가장 유명한 프랑스 길을 가려면 파리에서 남쪽에 있는 도시 생장 피에 드 포르*Saint Jean Pied de Port*로 가야 한다.

모든 순례자의 출발지다.

기차를 타고 가는 길은 떨림이 더 강렬하다.

해낼 수 있을까?

잘할 수 있을까?

떨림을 추스르기도 전에 사고가 났다.

기차는 멈췄고 사람들은 겉으로는 차분한 척하지만 표정은 당황한 듯 술렁이고 있다.

안내방송은 계속 나오지만 출발할 기미는 보이지 않는다.

출발역에서부터 자고 있던 옆자리 금발 머리 젊은 프랑스 친구가 방송을 듣고 일어났다.

긴장하는 나를 보고 상황을 설명한 후 편안하게 안심시켰다.

그때부터 우리는 수다 삼매경에 빠졌다.

한국에서 6개월 어학연수 했었고 한국을 좋아한다고 너스레를 떨면서 한국 음식과 유명한 장소를 나열하기 시작했다.

남들은 지친 얼굴로 시계만 쳐다보는데 우리는 신나서 이야기가 꼬리에 꼬리를 물고 이어졌고 지루할 틈도 없이 2시간이 훌쩍 흘렀다.

갑자기 그녀가 자신이 제일 좋아하는 한국 음식이 만두라고 하면서 자기의 발목을 보여줬는데, '만두'라는 한글이 타투로 선명하게 새겨져 있었다.

그 지점에서 난 웃음이 터질 수밖에 없었다.

긴장이 풀리는 순간이다.

결정적인 웃음을 준 그 친구가 나의 떨림을 아는 듯 복잡미묘한 감정에 여운은 오랫동안 지속됐다.

혼란 속에서 기분 좋은 떨림이 된 셈이다.

29년 만의 에펠탑은 나에게 떨림과 설렘을
선물해 주었다.

why. *santiago*

설렘의 길

나는 왜 산티아고에 왔을까?

어릴 적 동화책에서나 볼 수 있었던 프랑스 남부의 작은 마을 생장 피에 드 포르*Saint Jean Pied de Port*에 도착하게 되면 누구나 순례자를 증명하는 순례자 여권*Credencial*을 만든다. 숨 돌릴 틈도 없이 첫 페이지에 첫 도장*Sello*을 찍고 날짜를 적어준다. 가슴이 벅차오른다. 순례자 여권에 빈칸이 어떻게 채워질지는 내 몫이지만 설레는 순간이다.

수많은 세월 수없이 많은 사람들에게 순례길에 대한 설명을 했음에도 불구하고 하얗게 눈이 내린 듯 백발의 모습을 하고 있는 할머니는 처음 대하듯 환한 웃음으로 순례자들을 엄마의 품처럼 따뜻하게 맞아준다.

기부금을 내고 받은 조가비와 배낭이 하나가 되는 순간, 나는 신성

한 순례자의 몸이 된다. "소름이 끼치는 전율에는 거짓이 없다"라는 말이 데자뷔처럼 스치는 듯, 지나가는 풍경이 익숙한 듯 들뜬 마음을 차분히 가라앉게 만든다. 모든 것이 새롭다.

우리는 왜 그토록 산티아고에 가려고 할까?

일상에서 길을 잃은 사람들과 현실에서 벗어나려 하는 사람들 그 사이에서 헤매고 있는 나를 찾으러 떠나온 건 아닐까? 이렇게 행복해도 되나 싶을 정도로 매일매일이 설렘이고 기쁨이고 행복의 연속이다. 첫사랑을 만나러 가는 길이고 헤어진 연인을 다시 만나러 가듯 가슴이 아려오는 길이다.

살면서 우리가 언제 가슴 떨리고 설렐 수 있을까?

나이를 먹을수록 시대가 변할수록 점점 더 무뎌져 가기만 하는 메마른 환경 속에서 한 번쯤은 억지로라도 느껴보고 싶은 소중한 감정을 걸으면서 느낄 수 있다면 그 또한 값진 삶이 아닐까 한다.

그리 많은 시간이 필요하진 않다. 그러나 평생 설레면서 살 수 있게 만든다. 인생은 아름다운 선물, 버킷리스트는 여기 산티아고에서부터 다시 시작이다.

죽기 전에 꼭 한 번은 가봐야 할 곳이다.

걸음을 멈추고 이 길에서 한참을 바라보았다.
조금씩 천천히 설레기 시작했다. 자신감은 설렘에서 나오는 듯했다.

4.

why. santiago

출발하는 길

출입문 쪽 2층 침대를 배정받는다.

밤사이 사람들이 수시로 화장실을 오가느라 문틈 사이로 어둠을 뚫고 불빛이 강하게 비춘다. 낯선 잠자리로 인해 깊은 잠은 아니었지만 심하게 코 고는 소리에 잠이 깬다.

날씨는 여름인데도 불구하고 새벽엔 한기가 느껴져서 침낭을 주섬주섬 꺼낸다. 어둠 속에서 이어폰을 찾아 꽂고 음악을 들으며 잠을 청하지만 눈꺼풀이 말을 듣지 않는다. 그 와중에 시차는 나를 더욱 괴롭힌다. 동이 트기도 전인데 닭 울음소리에 몸이 뒤척여지지만 2층 침대라서 조심스럽다. 20여 명의 인원이 한방에서 동침했으니 꿀잠 자는 건 기대조차 하지도 않았지만, 첫날에는 거의 포기다.

오늘부터는 불만도 불평도 없애려 한다.

나를 자유롭게 만드는 건 오직 적응과 이해뿐이다.

뜬눈으로 첫날 아침을 맞이하게 된다.

여행의 경험이 많아서 적응은 하겠지만 매일 이렇게 자야 한다고 생각하니 헛헛한 웃음만 나온다. 우려했던 것보다는 양호하지만 방심할 순 없다.

옆 칸의 침대에서 부스럭대는 소리에 마음이 급해진다.
정해진 출발 시간은 없지만 뒤처진다는 생각에 서둘러 짐을 주섬주섬 챙긴다. 아직 꿀잠을 자는 사람들을 보면서 유난을 떠는 건 아닌지 차분하게 들뜬 기분을 추스르며 평정심을 유지하려 애써본다.
토스트와 과일로 약간의 허기만 채우고 쌀쌀한 새벽 공기 탓에 따뜻한 커피로 긴장을 풀어보려 하지만 속절없이 시간만 흐른다.
한 사람씩 어설픈 눈인사를 하고 사라진다.

아직 어둠이 세상을 지배하고 있을 때 출발했다.
첫날 첫걸음을 내딛는 배낭의 뒷모습은 모두가 자신감과 두려움으로 가득 차 있다. 주춤거리고 있던 배낭을 힘차게 메고 용기를 얻어서 문을 박차고 걷는다.
애써 옅은 미소를 지으며 산티아고와 사랑에 빠질 것만 같은 행복한 상상을 하면서 혼자서 걷는다. 묘한 매력이 어둠만큼이나 밀려온다.
세상에 던져진 느낌이다.

세상 모든 길의 시작은 내가 사랑하게 될 길이며, 나를 집중하게 할 길이 될 것이다.
새로운 출발은 항상 설렘과 떨림이 공존한다.

새로운 시작은 짙은 어둠 사이로
수줍게 올라오는 뜨거운 태양으로부터다.

5.

why. santiago

고통의 길

출발한 지 5분 만에 우비를 입는다.

날씨 운도 중요하다고 하던데 첫날부터 불길한 예감이다.

안개가 자욱하게 깔린 좁은 골목길을 빠져나오니 이슬비와 함께 바람마저 음산하다.

뚜벅뚜벅 새로 장만한 트레킹화의 마찰로 추적추적 빗소리에 걷는 소리만 요란하게 들린다.

사람들의 거친 숨소리만 들릴 뿐 모든 게 낯설기만 하다.

초반이라 적응하려 속도 조절을 해보지만 어색하고 어정쩡하다.

익숙하지 않은 노란색 화살표와 구글 지도에 의지한 채 앞만 보고 걷는다.

두 번의 쉼터를 거치니 숨통은 다소 트이지만 갈 길이 멀다.

순례길 중 가장 힘든 고비가 기다리고 있기 때문이다.

드디어 악명 높은 피레네산맥이다.

이곳은 다양한 동식물이 서식하고, 깊은 계곡으로 둘러싸인 매혹적인 곳이다.

이슬비와 거친 바람 그리고 시야를 가로막는 짙은 안개는 걷힐 줄 모르고 방해꾼이 된다.

땅은 질퍽거리고 사방을 둘러봐도 아무것도 보이지 않는다.

의지하고 기댈 사람도 없다.

두려움에 가슴을 몇 번씩 쓸어내려야 했다.

안개 속을 걷고 있더라도 내가 가야 할 길은 확실했다.

혹독하게 매서운 오르막길, 그곳이 정상이고 끝인 줄 알았다.

바보 같은 착각이다.

폭풍처럼 몰아붙인 내리막길은 인생길과도 많이 닮아 있다.

무릎이 아리듯 아프고 물집 때문에 발가락이 칼에 베인 듯 쓰라려
온다.

첫걸음의 악몽 같은 고통조차도 기쁨으로 바꿔준 산수화 같은 풍
경 하나만으로도 행복을 줄 수 있기에 견딜 수 있는 힘을 얻는다.

대자연의 파노라마에 압도당한 기분이다.

아름답고 또 아름답다.

어느새 그림 같은 자연 속에 동화되어 있었고 난 주인공이 된다.

그래, 고통을 즐기러 왔지!!!

묵묵히 고통과 함께 가는 길,

견딘 만큼 보상받는 시간은 반드시 주어진다.

철저히 혼자라는 걸 깨달아야 한다.
의심의 여지 없이 순수한 마음으로 걸어가야 한다.
살아내야 한다.
시작과 끝은 반드시 있다.
그래서 또 다른 시작이 기다려지고 기대하게 된다.
이 길에 점점 빠져든다.

누구나 이 길을 걸어야 한다.
이 길 끝에선 고통도 즐길 줄 아는 여유가 생기겠지!!

6.

why. santiago

운명의 길

처음과 끝을 함께했다.

그 시간에 그 장소에 그 사람들을 약속이나 한 것처럼 만났다. 아
니 만나게 됐다.

그렇게 운명처럼 다가왔다.

만날 사람은 우연히라도 마주치게 된다는 아이러니한 엇갈린 인연
이다.

인연의 굴레에 스스로 갇혀서 운명의 덫을 거스르는 무모한 시간
을 보내고서야 나의 길을 찾아서 걷고 있다.

운명에 이끌려 온 것 같다.

신부님도 순례길을 걷는다는 걸 처음 알았고, 그 옆에는 젊은 청년
들이 함께 움직이는 듯 일행도 몇 명 있었다.

나의 고정관념이 산산이 부서져 버린 건 그때부터였다.

난 조용히 수줍은 목소리로 기념사진을 부탁했다.

인생 처음으로 신부님과 함께 사진을 찍는 호사를 누렸다.

내 안에 켜켜이 쌓여 있던 화와 쓸데없는 욕망이 꿈틀거릴 때마다 신부님과 찍은 사진을 보면서 이 길을 걸어야 하는 이유에서 헤어나지 못한 나를 토닥토닥 다독여 준다.

행복을 찾으러 간 산티아고 순례길에서 길을 잃었을 때마다 어김없이 신부님을 만나게 된다.

신부님의 밝은 미소와 가벼운 포옹은 나의 존재를 확인시켜 준다.

어쩌면 행복을 찾아가는 과정일지도 모른다.

거대한 운명 앞에서 함께 걸어갈 수 있는 사람은 누구일까?

나는 운명론자다.

그래서 신부님과의 만남을 우연이 아닌 필연적 운명이라고 믿고 싶다.

마음껏 도전해서 현실에서 운명을 이겨내고 싶다.

신부님 옆에서 밝은 미소로 종착지에서 마지막 사진을 찍는 것으로 운명의 정의를 내려보려 한다.

꿈은 이루어진다.

인연을 거부할 수 없듯이…
운명을 피할 수 없다면 아름답게 받아들이고 싶다.

7.

why. *santiago*

혼자 걷는 길

새벽에 혼자 걷는 걸 좋아하게 됐다.

코끝을 스치는 상쾌한 공기가 마음을 정리해 주기 때문이다.

난 혼자다.

이 길에 최적화되어 간다.

같이 걷고 싶다는 주변의 관심을 마다하고 혼자 걸어보리라 결정한 것에 대한 후회는 없다.

누구와 같이 걸어도 좋지만, 혼자여도 충분히 괜찮은 자신들 각자의 방식으로 즐긴다.

그 속에서 녹아드는 건 내 몫이다.

혼자인 듯 혼자가 아닌 듯 주문을 걸어서 허전함을 채운다.

하루에도 몇 번씩 변화무쌍한 날씨를 체험하지만, 이 또한 즐기는 것도 혼자이기에 가능하다.

햇빛은 우울한 마음의 해결사,
구름은 영혼의 동반자,
안개는 야릇한 긴장감을 주는 마법사,
하늘의 별과 달은 낭만적인 시인으로 만든다.

바람은 어지러운 감정을 날려주고 단비가 필요할 땐 어김없이 거
짓말처럼 내린다.
자연과 친구가 되는 법은 알고 보면 참 쉽다.
자연 그대로의 모습으로 즐기면 된다.
오로지 자연과 나 둘뿐일 때만 가능하다.

소소한 일상에서 의미를 찾게 됐고, 자연은 기꺼이 친구가 되어주
었다.
나의 탁월한 선택은 만족감으로 완성된다.
우린 모두 혼자라는 걸 잊지 말고 고독을 두려워하지 말자.
자유로운 영혼의 굴레 속으로 빠져보자.

비록 혼자 걷는 길이지만 일상이 더욱 빛났으면 좋겠다.

첫날부터 가장 힘든 피레네산맥을 혼자 넘어야 한다.
인생은 언제나 혼자니까 감당할 힘을 준다.

Pamplona
헤밍웨이가 사랑했던 도시

2.

1.

why · *santiago*

혼돈의 길

오후가 유난히 길게 느껴지는 어느 날, 강렬한 태양과 싸우며 걸어야 했다.

처음 걷는 길인데 오랜 친구를 만난 듯 낯설지는 않았지만 그렇다고 완전히 적응하지도 못한, 어설프게 시간에 쫓겨서 허둥지둥 불안정한 상태는 조금씩 계속 남아 있다.

유체 이탈이라도 한 듯 갈팡질팡 마음의 안정을 찾아야 한다는 생각뿐이다.

내가 걷고 있는 길이 맞는 걸까?

나에게 문득 질문을 던질 때마다 같은 길을 두 번, 세 번 심지어 여러 번 걷고 있다는 사람들을 심심치 않게 만나게 된다.

그들을 끌어당기는 힘은 무엇일까?

비현실적인 이 상황을 믿고 싶지 않았다.

나는 나를 얼마나 믿고 있을까?
길 위에서 만난 사람들을 보면서 믿음의 본질을 알고 싶어졌다.
당신 믿음의 깊이는 어디까지입니까?

걸을수록 헤아릴 수 없는 궁금증은 늘어만 간다.

초반부터 에너지를 쏟아부어서인지 좀처럼 속도가 나지 않는다.
몸은 천근만근, 다리는 후들후들, 가방의 무게는 점점 가늠할 수 없을 정도로 땅에서 끌어당기듯 밑바닥으로 내리꽂힌다.
마음이 겉돌고 있다는 것만은 부인할 수 없다.

발아래 물결치듯 끝도 없이 펼쳐진 밀밭이 바람에 사각사각 흔들릴 땐, 교향곡을 듣는 기분으로 흩어진 마음을 모아보지만 좀처럼 뜻대로 되지 않는다.

혼란스럽고 지칠 때쯤 눈앞에 나타난 끝없이 펼쳐진 노랗게 물든 해바라기, 흐드러지게 핀 들판의 해바라기가 태양을 향해 한쪽 방향만을 바라본다.

청량제보다도 더 신선하고 물감을 뿌린 듯 파란 하늘과 너무도 잘 어우러져서 순례자들의 발걸음을 한 걸음도 떼지 못하고 멈추게 한다.

그냥 지나치는 사람 없이 모두 한결같이 카메라 셔터를 누르게 만든다.

해바라기처럼 질서 있는 다채로운 모습에 반할 수밖에 없다.

고단한 순례자를 위한 해바라기다.
자연과 교감하는 시간만큼은 평화롭다.

처음 100km는 낯선 환경과 혹독한 길 그리고 주체할 수 없는 열정 때문에 적응하기 힘들었지만 많이 설레고 행복했다.

완주하는 그날까지 혼돈의 유혹에 빠지지 말고 해바라기처럼 꿋꿋하고 당당하게 걸어가길 기도해 본다.

눈부신 해바라기를 보고 있으면
땀이 눈으로 들어가도 아프지 않았다.
아름다움은 고통을 이길 수 있게 해준다.

2.

why. *santiago*

인생의 길

아직 갈 길이 멀다.

하루라도 순탄하게 그냥 지나간 날이 없이 사건 사고는 엉뚱한 곳에서 터진다.

한국에서 구매한 유심이 문제다. 먹통이다.

난감해서 식은땀이 등을 타고 후끈 달아오른다.

어쩔 수 없이 현지에서 재구매 후 잘 사용하나 싶더니 결국은 로밍으로 비싼 대가를 치르고서야 안심이다.

안 좋은 일은 동시에 겹치듯이, 불길한 예감이 스치면서 등 뒤가 오싹해진다.

이번에는 카메라가 말썽이다.

멀쩡했는데 어김없이 결정적인 순간에 말을 듣지 않는다.

반나절은 포기 상태로 스마트폰으로만 의지해야 했다.

눈앞이 깜깜해져서 헛발질로 넘어질 뻔하다가 신기하게도 같은 종류의 카메라를 사용하는 한국 사람이 나타나서 만나게 됐고 구세주

처럼 해결해 줬다.

　처음 일이 벌어지면 호들갑을 떨거나 심각해지기 마련이지만 해결하고 나면 세상 별일 아닌 듯 쉽다.
　해냈다는 성취감에 뿌듯함도 느낀다.

　인생은 원래 그렇다.
　내 뜻대로, 계획한 대로, 정해진 대로 굴러가진 않는다.
　모든 일들은 장애물이 버티고 서 있다.
　돌부리를 만나면 치우고 어쩌다가 넘어지면 다시 일어나서 가야 하는 힘든 길이다.
　그럼에도 불구하고 이 길은 나에게 많은 것을 가르쳐 준다.

　때론 누군가가 조용히 등 뒤에서 나의 뒷모습을 찍어주고 소리 없이 건네주고 지나간다.
　살다 보면 사소한 일에 목숨을 걸 때가 많지만, 산티아고 순례길에서는 연연하지 않고 뚜벅뚜벅 우직하게 걸어가려 한다.
　걷기만 하는 날들인데도 몸의 전율을 느낀다.
　꿈같은 하루하루가 저물어 갈 때쯤이면 아쉬움이 몰려온다.

　사랑하는 나의 길, 내가 사랑에 빠진 길, 누구나 한번은 걷고 싶어 한다는 산티아고 순례길…
　난 지금 이보다 더 좋을 순 없다.

우연히 만난 순례자와 함께 걸었다.
나의 뒷모습을 찍은 후 말없이 건네고 다음 마을로 사라졌다.
순간을 영원히 간직하게 만들어 주었다.

3.

why. *santiago*

용서의 길

우리 삶은 꼬여 있는 매듭처럼 얽혀 있기에 의지와는 상관없이 누구나 상처를 간직한 채 살고 있다. 상처를 받을 수도 줄 수도 있기에 혼자만의 문제는 아닐 것이다.

누구도 해결해 주지 않는다는 걸 본인도 잘 알고 있다.

얽힌 매듭을 푸는 건 내 몫이다.

누가 누구에게 돌을 함부로 덜질 수 있으며, 자기 몸을 희생하면서 타버린 연탄재를 어떻게 발로 찰 수 있겠는가.

무거운 삶의 언저리에서 항상 그림자처럼 지독하게 붙어 다닌다.

풀리지 않을 것만 같은 꼬인 매듭도 천천히 인내심을 갖고 기다리면 풀리듯이, 용서의 기회는 반드시 오기 마련이다.

순례길을 걷다 보면 용서의 언덕*Alto del Pardon*을 만나게 된다.

이곳에 가면 모든 것을 용서할 수 있을까?

얼마나 더 많은 길을 걸어야 용서라는 단어에서 해방될 수 있을까?
용기를 내서 용서를 해보려 한다.

사람들은 저마다 가슴 한구석에 남아 있는 무언가를 꺼내고 싶지
않고 묻어두고 싶어 할지 모른다.
나도 그 속에서 조용히 동참하듯 눈치채지 못하게 자연스럽게 응
어리진 상처를 곱씹어 보지만 짧은 시간에 완벽하게 할 수는 없다.
그러지 않고서는 한 걸음도 뗄 수 없어서 억지로라도 노력해 보려
고 애쓰는 내 모습이 안쓰럽다.

이곳에선 없던 감정도 살아나게 만들어 준다.
길에서 만난 친구들이 떠난 자리는 나에게는 더없이 좋은 용서의
시간이다.
지금은 자신할 수 없지만, 이 길이 끝나는 날 용서에서 자유로워지
고 싶다.

흐르는 시간은 우리를 기다려 주지 않는다.
부디 그대들에게 주었던 상처를 용서로 감싸주고, 그대들이 주었
던 상처를 보듬을 줄 아는 지혜를 달라고 조용히 용서의 언덕에서 다
짐해 본다.
용서에서 자유로울 때 나에게 진정한 날개를 달아주고 싶다.

두 사람이 서로 의지하면서 걷는 뒷모습에서
삶의 애잔함이 묻어난다.
그동안 살아온 이야기를 나누면서
지난날을 용서하는 시간은 숭고해 보인다.

4.

나눔의 길

동이 트기 전 평소보다 서둘러 가벼운 옷차림으로 오늘도 어김없이 걷는다.

먹고 자고 걷는 똑같은 일상이 며칠째 반복되고 있다.

인간이 적응의 동물임을 증명하듯 무의식중에 하고 있다.

반복이 지속되면 습관이 된다.

유난히 한국 사람들을 많이 만난다.

"한국 사람이 왜 이렇게 많은 거야?"

예상하지 못한 외국인들의 공통된 질문에 머뭇거리다가 은근슬쩍 웃음으로 때우고 넘어간다. 아직도 그 해답을 얻지 못했기 때문이다.

한편으로는 든든하기도 하고 신기하기도 하다.

뜻밖의 예상하지 못한 한국인들의 숫자에 감탄하면서 걷게 된다.

걷다 보면 챙기지 못한 약이 필요할 때가 있다.

256,4Km

CASTILLA Y LE

물어보기가 무섭게 어김없이 가방에서 각자가 고심 끝에 가져온 비상약을 꺼내서 슬쩍 툭 던지곤 앞질러 사라진다.

숙소에 도착하면 파스 냄새가 진동한다.
"이 약은 어때?"
대만 친구가 묻는다.

국적도 제각각인 비상약들을 써보라고 나눠주며 걱정을 해주고 반전문가의 포스로 이러쿵저러쿵 약에 대한 설명을 늘어놓는다.
그곳에선 조건 없이 나누고 베푼다.
그렇게 서로의 안위를 생각하게 되고 처음 만났지만 끈끈한 동지애를 느낀다.

태양이 유난히 뜨거운 오후, 걷는 것
조차 힘들어지면서 탈진 상태로 입술
이 타들어 간다.
땀으로 범벅이 된 얼굴은 선크림의
효과를 기대하기는커녕 빨갛게 익어서
용광로가 된다.
많았던 한국 사람들은 보이지 않고
주위를 둘러봐도 아무도 없다.

쓰러지기 직전 숙소에 도착하니 손발이 떨린다.

그 자리에서 주저앉는다.

그 모습을 본 숙소 주인은 얼음을
띄운 레몬 물을 한 병 건넨다.

신이 주시는 선물처럼 감동이 훅 밀
려오면서 눈물이 와락 흐른다.

급하지 않다며 기다려 주고 한참을
진정시킨 후에야 방 배정을 받는다.

어쩌면 이 길에서만큼은 철저하게
이기적이면서 무한 나눔을 한다는 모순을 가지고 있을지 모른다.

최악의 하루였지만 넉넉한 나눔의 손길이 있었기에 오늘 하루도
버틸 힘을 얻는다.

순례자여, 배낭의 무게를 나누어라.
마음이 가벼워질 것이다.

5.

관계의 길

동이 틀 무렵 안개 자욱한 새벽길, 차가운 새벽 공기는 오늘도 어김없이 코끝을 스치고 잔잔한 잔상을 머릿속에서 끄집어낸다.

등 뒤를 뜨겁게 타고 올라오는 붉은 태양을 가슴으로 맞는다.

인간이 만들어 낼 수 없는 자연의 위대한 현상을 넋을 놓고 바라본다.

카메라가 동시에 같은 곳을 향해 초점을 맞춘다.

이렇게 아름다운 일출은 아프리카 킬리만자로 다음으로 오랜만이다.

다양한 성격을 가진 사람들이 어우러져 조화를 이루면서 한 곳만 뚫어지게 바라본다.

아름다움은 찰나의 순간이다.

한참을 멍때리면서 자연의 위대함에 놀란다.

여운이 오래갈 듯 계속 제자리에서 맴돈다.

사람들이 하나둘씩 신기하게도 자연스레 뿔뿔이 흩어진다.

걷다 보면 아는 얼굴들을 자주 스치게 된다.

눈을 마주치게 되고 인사를 건네게 되고 이야기가 통한다 싶으면 같이 걷기도 한다.

그리고 그 사람이 또 다른 사람과 친구가 된다.

어울리지 않을 것 같은 사람들인데도 쉽게 친구가 되고 관계를 맺게 된다.

아무리 생각해도 신기한 일이다.

때론 감정의 교류를 나눈 사람들이 연인으로 발전해서 커플이 되는 경우도 종종 볼 수 있고 결혼까지 했다는 소문도 들었다.

숙소에서 순례자들이 저녁 식사를 함께 하는 문화가 있다.

메뉴는 코스로 나오는데 샐러드, 메인 요리, 디저트가 포함되어 있고, 와인은 무료로 제공되다 보니 배고픈 순례자들의 영혼을 녹인다.

알베르게에서 제공하는 음식이라 저렴하기도 하고 푸짐하고 맛도 훌륭하다.

잊을 수 없는 한 끼 식사가 된다.

때론 각자 마트에서 식재료를 구입해 자신만의 레시피로 음식을 만들어 나눠 먹기도 한다.

간단한 자기소개와 함께 음식을 나눠 먹고 여러 나라 사람들과 이야기를 하면서 관계에 대한 소중함과 다양함을 인정하게 되고 세상을 바라보는 눈을 뜨게 해준다.

소중한 관계를 통해서 선물 같은 추억을 만들어 준다.

스치는 인연조차 아름답다.

거짓 없는 자연 앞에서 우리는
솔직해지는 연습을 해야 한다.

6.

치유의 길

아침 햇살이 몽롱한 눈을 반짝이게 만든다.

첫 번째 도시 팜플로나^{Pamplona}에서는 소몰이, 투우, 행진, 폭죽 등 다양한 행사를 하는 스페인 북부 최고 축제, 소몰이 축제$^{Running\ of\ the}$ ^{Bulls}라고 하는 산 페르민 축제$^{San\ Fermin\ Festival}$가 유명하다.

순례자들과 현지인들이 거리로 쏟아져 뒤엉켜 인산인해다.

며칠째 고요하고 작은 마을에서 여유로운 시간을 보낸 순례자들은 하루를 더 쉬어갈 생각에 축제를 즐기는 모습이다.

일정 때문에 축제를 참관하진 못했지만, 날것 그대로 자연인으로 들어온 듯한 기분은 사람들의 표정으로 알 수 있다.

근심 걱정이 없어 보이고 행복 지수는 제일 높아 보인다.

쉬어갈 줄 아는 지혜도 필요한 만큼 몸도 회복되어 가는 과정이다.

산산이 부서져 불태운 힘든 길 끝에는 꿀맛 같은 휴식이 기다린다.

이상세계에서 돌아온 듯 현실감은 오래 가져가야 할 과제이다.

맑은 햇살에 밀린 빨래를 하고 연락 못 한 문자엔 한국에서 온 메시지가 쌓여 있다.

나를 걱정해 주는 사람이 있다는 것이 희망이 된다.

분주했던 일상을 내려놓고 떠나보면 알게 된다.

내가 살아 있음을 느낀다.

그곳에선 아무것도 안 하고 걷기만 하면 된다.

정말 아무것도 하지 않아도 된다.

아무것도 하고 싶지 않아서가 아니라 아무것도 할 필요가 없기 때문이다.

나만이 누리는 특권이 아니다.

누구나 갈 수 있고 치유받을 수 있다.

나의 영혼을 갈아엎어야만 나를 만나는 길이다.

팜플로나 대성당에서 순례자의 신분으로 첫 미사에 참여한다.

믿는 종교는 다르지만 홀린 듯 자석처럼 당기는 힘에 이끌려 발걸음이 옮겨진다.

경건함에 가슴이 뭉클해진다.

종교를 초월해서 내 마음속으로 울림이 전달되기까지 오랜 시간이 걸렸고 무언가 가슴 한구석을 꿈틀거리게 만든 건 처음인 것 같다.

뜻밖에 찾아온 화려하고 열정적인 축제를 온몸으로 느끼고 다시 걸어갈 힘을 얻는다.

끝이 보이지 않는 길을 걷다 보면 아무 생각이 없어진다.
무아지경에서는 어떤 상처도 치유받을 수 있음을 깨닫는다.

신기한 길

우연이 반복되면 필연이 된다.

이런 아이러니한 굴레가 경이롭고 겸허해지는 시간이다.

하루하루 낯선 풍경에 환호하기도 하지만 반복해서 걷다 보면 때론 가슴이 먹먹해질 때도 있다.

역동적이었던 숨소리조차도 숨 막히게 아름다운 절경의 순례길 위에선 할 말을 잃는다.

아프리카는 내 마음의 고향인지라 남다르다.

인간에게 울림을 줄 수 있는 땅 아프리카와 눈부시게 빛나는 신의 길 산티아고는 묘하게도 닮아 있다.

⟨라이온 킹^{*The Lion King*}⟩이라는 디즈니 애니메이션의 주제곡으로 유명한, 내가 좋아하는 '하쿠나 마타타^{*Hakuna Matata*}'라는 노래가 있다.

'Don't worry be happy ^{다 잘될 거야}'라는 의미가 담긴 노래다.

아프리카도 다녀왔고 김치를 좋아한다는 스리랑카 친구와 케냐에서 온 친구를 우연히 만난 덕분에 산티아고 순례길에서 두 번 이 노래를 들을 수 있었다.

아프리카를 다녀온 나로서는 더할 나위 없이 그리운 노래였다.

신나서 노래를 목청껏 크게 부를 땐 우린 서로 눈이 마주쳤고 가사에 취해서 박자에 맞춰서 몸을 흔들어도 무거운 가방의 무게조차 느낄 수 없었다.

게다가 우리를 지켜보던 그림을 그린다고 자랑한 잘생긴 이탈리아 남자가 내가 순례길에 대한 책을 출판한다면 그림을 그려준다고 제안하는 모습이 신박했다.

한동안 여운은 길게 남았다.

산티아고가 우연도 필연도 아닌 현실로 다가왔다.

외롭다고 느낄 때 난 길 위에 서 있었고, 누군가가 필요할 때 나에게 위안을 주었기 때문에 신기하게 시나브로 스며들 수 있었다.

마음의 눈을 멀게 해준 신기한 길이다.

먼 훗날 내가 다시 이 자리에서 '하쿠나 마타타' 노래를 부르고 춤을 춘다면 그때 만났던 친구들과 함께하고 싶다.

신기한 일을 다시 경험해 보고 싶다.

그때로 돌아갈 수 있다면…

아직 걸어가야 할 길이 많이 남아 있어도
함께하는 순례자들이 있기에 행복하다.
하루하루 새로운 친구를 만나게 해준다.

Logrono

고대 성곽도시, 교역의 중심지

3.

1.

그리움의 길

"눈이 부시게 푸르른 날엔 그리운 사람을 그리워하자"

우리는 살면서 사랑하는 사람의 손을 얼마나 자주 잡아줄까?
얼마나 자주 하늘을 보면서 살까?
반성해 본다.

초반의 악몽 같은 고비를 넘기고 몸이 서서히 회복되니 자신감이
올라오고 속도감은 덤으로 따라온다.
하늘을 볼 수 있는 여유조차도 사치라고 생각했는데 오늘만큼은
맘껏 누려보고 싶은 눈부시게 푸르른 날이다.

선글라스를 뚫고 들어오는 파란 하늘은 솜사탕처럼 포근하고 달콤
하게 다가왔다. 곰돌이 인형처럼 사랑스럽다.

가족과 연인의 손을 잡고 걷는 뒷모습은 가감 없이 담백하게 아름답다.

손잡고 걸어가는 뒷모습만 봤을 뿐인데 아름답다는 말은 처음으로 해본다.

순수하고 순수하다.

나는 언제 그들의 손을 잡았었는지 기억조차 가물가물하다.

가족이라는 이름으로 당연하지만 당연함을 모르고,

연인이라는 이름으로 약속하지만 지키지 못하고,

친구라는 이름으로 베풀지만 이해하지 못할 때,

우린 서로를 그리워하고 있는지 되돌아보게 된다.

가족의 그리움, 연인의 사랑스러움, 친구의 소중함으로 내가 먼저 손잡아 주고 그 손 놓지 않겠다고 다짐해 본다.

그리움이 깊어진다는 건 사랑하고 있다는 증거일 수 있다.

나와 함께해 준 그리운 친구들에게 찬란했다고 말하고 싶다.

발버둥 치며 몸부림치고 소스라치게 그리움에 사무친다.

내 인생에서 가장 아름다웠다고 말하고 싶다.

순례길에선 그리움도 사치일 뿐이다.

2.

축복의 길

따가운 햇살은 선크림을 바르기가 무섭게 땀으로 범벅이 되고 순례자들의 발걸음을 무뎌지게 만들지만, 태양을 향해 웃고 있는 해바라기를 볼 수 있어서 공존할 수밖에 없는 공공의 적이 된다.

줄 맞춰서 주렁주렁 탐스럽게 매달려 있는 끝도 없는 포도밭과 바람에 흔들려 노래 부르는 듯 살랑살랑 누렇게 익어가는 드넓은 밀밭을 보면서 축복의 땅임을 실감한다. 이런 비옥한 땅과 날씨는 밑거름이 되어 돌아온다.

갑자기 소나기를 만나듯 어디선가 뿌연 흙먼지를 날리며 무섭게 다가오는 양 떼들이 휘몰아치듯 한바탕 소동이다.

양치기는 훈련된 개를 앞세워 일사불란하게 양몰이를 한다.

방목은 양치기 아저씨의 능수능란한 솜씨로 일단락된다.

나도 모르게 귀여운 양 떼들의 뒷모습을 한참 바라보고 있으면 어느

새 입가엔 흐뭇한 미소가 절로 나온다.

목에 걸린 종소리가 딸랑딸랑 울리고 금방이라도 눈물을 흘릴 것 같은 커다란 눈망울로 처벅처벅 소 떼들이 출몰하기도 한다.

순식간에 다가와 나와 눈이 마주치게 되면 움찔 서로 뒷걸음질하면서 웃는다.

동심으로 돌아간 듯 쿵쾅거리는 가슴을 진정시킬 때쯤 나에게서 멀어지고 있다.

이국적인 현실을 뒤로하고 발길을 재촉한다.

어느 마을이든 초입에 들어서면 어김없이 보이는 성당을 중심으로 사람이 모이고 터전을 형성하고 있다.

사람들이 구름처럼 많아지고 대성당이 다가옴을 느낄수록 가슴은 두근거리고 흥분된다.

성당 앞에만 서면 삶의 거대한 힘이 느껴진다.

대성당의 모습은 신비롭다.

한여름엔 10시쯤 해가 진다.

그 시간에 맞춰서 순례자들을 통제하기 위해 숙소 문을 닫는다.

안타까운 건 일몰을 거의 볼 수 없다는 점이다.

어쩌다 운 좋게 마주한 해넘이의 모습은 하루를 뿌듯하게 마무리해 준다.

부러우면 진다고 하지만 솔직히 부럽다. 알량한 자존심에 본심을 숨기고 싶진 않다.

삶의 거대한 힘을 주는 이 모든 것들이 순례자를 축복의 길로 이끄는 원동력이 아닐까 생각한다.

태초의 바람, 하늘, 구름, 햇빛을 맞이하는 곳, 신의 축복이 있는 땅, 여기를 우리는 산티아고라고 부른다.

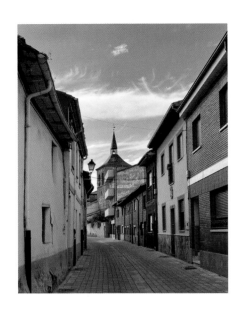

양 떼들의 출몰을 볼 수 있음에 감사하고 또 감사하다.

3.

why. santiago

한국인의 길

"안녕하세요?"

"혹시 어느 나라에서 왔어요?"

동양인을 만나면 신나고 반가운 마음에 항상 먼저 물어보는 습관이 생겼다.

놀랍게도 돌아오는 대답은 한국이 첫 번째로 많고 두 번째가 대만, 그리고 일본이다.

예상하지 못한 대답에 만감이 교차한다.

무엇이 한국 사람들을 순례자의 길로 이끌었는지 궁금할 따름이다.

한국인들끼리도 서로 질문을 던지지만 정확한 해답은 돌아오지 않는다.

아직까지 모른다.

성수기가 아님에도 불구하고 심심치 않게 한국 사람을 볼 수 있었다.

숙소의 반이 한국 사람일 때도 있었다.

한국인의 강인함과 저력을 새삼 느끼고 확인할 수 있었다.

갑자기 길을 잃고 초점이 흐려질 때, 순례자에게 무언의 이정표가
되어준 조가비와 노란색 화살표를 만나면 그렇게 반가울 수가 없다.
한국 사람을 만나도 마찬가지다.
대부분 한국에서 혼자 왔지만 길 위에서 만나 한국 사람들끼리 동
행하는 모습을 흔하게 볼 수 있다.
짧은 시간에 속 깊은 이야기는 나눌 수 없어도 마음을 나눈 친구를
얻은 것처럼 따뜻해진다. 마음이 맞으면 완주 때까지 함께 가기도 하
는데 나로서는 못 해본 경험이다.
각자의 호흡과 체력 그리고 감성의 포인트가 다르기 때문에 한국
인이 아니더라도 누군가와 끝까지 함께한다는 건 박수를 받을만한
일이다.

같은 언어를 사용함에 있어 동질감은 애국심으로 발전한다.
같은 나라 사람으로서 숫자에서 밀리지 않기에 자부심도 느끼고
자존감으로 어깨가 으쓱해진다.
배낭에 꼼꼼히 꿰맨 태극기를 발견할 땐 축구 경기에서 애국가를
부르는 심정으로 끓어오르는 동지애로 울다가 웃다가 한바탕 감정이
널뛰다가 가라앉는다.

나는 자랑스러운 한국인이다.

매일 한국 사람을 만났다.
그냥 좋았다.

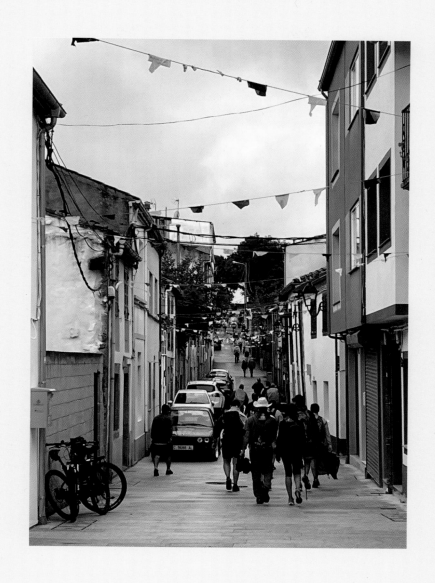

4.

why. *santiago*

멈추게 하는 길

나의 끝없는 도전은 내 삶의 원동력이다.

잠시 멈춤!!

멈추게 하는 것들에서부터 자유롭게 바라본다면 비로소 앞으로 나아가기 위한 준비다.

생각 없이 사는 사람들이 너무 많다.

어쩌면 생각하기 싫어하는 것 같기도 하다.

멍때리기는 생각을 잠시 멈추게 하는 우리 삶의 일부분이 되어간다.

고독한 시간을 어떻게 채울까?

고민할 때다.

풍경이 다채롭게 눈에 들어오기 시작했다는 건 여유로워졌다는것이다.

걷다 보면 순례자들을 멈추게 하는 것들이 너무 많다.

이름 모를 들꽃, 이글거리는 태양, 뺨을 스치는 시원한 바람, 감탄을 부르는 파란 하늘.

그뿐이던가!!!

주방에서 방금 갓 짜낸 오렌지 주스와 귀엽게 생긴 납작복숭아, 허기를 달래주는 달콤한 바나나 그리고 빼놓을 수 없는 주렁주렁 달린 잘 익은 작은 포도송이는 잠시 주춤거리는 순례자들의 발목을 잡기에 충분하다.

험하고 고된 길을 걸었기에 반갑게 만날 수 있었던 무지개, 아기자기한 꽃들로 장식한 담벼락, 마을 사람들의 따스한 마음, 맑은 미소와 밝은 인사, 낯선 순례자들에게 기꺼이 친절을 베푸는 곳에서 발길을 잠시 멈추어도 좋다.

아이들의 웃음소리는 이방인들을 무장해제 시킨다.

낮에도 현지인들은 바에서 맥주와 와인을 가볍게 즐긴다.

비유가 적절할지 모르겠지만 이곳에서 맥주와 와인은 술이 아니라 일상에 가깝다.

생활 깊숙이 파고들어 온 문화는 거부감이 하나도 없다.

스쳐 지나가는 모든 것들은 멈춰야 보인다.

잠시 멈춰야 하는 이유가 된다.

이렇게 아름다운 날 걷다 보면 이유 없이 눈물이 날 때가 있다.
눈물을 감추려고 잠시 멈춰 서서 하늘을 보니
비로소 맑은 하늘을 보게 된다.

5.

행복한 길

평화로운 아침, 누구한테도 간섭받지 않는 나만의 방식으로 하루 하루를 버틴다.

여유로운 호흡을 한다.

난 지금 행복하다.

미치도록 행복해지고 싶다.

아침에 같은 시간에 일어나서 양치질과 세수로 출발 준비를 시작 한다.

전날 세탁했던 옷을 입고 발에 바셀린을 듬뿍 바르고 양말을 두 켤 레 신고 느슨해진 트레킹화의 끈을 다시 단단히 고쳐 매고 신는다.

물과 초콜릿도 빠짐없이 챙긴다.

가방을 메고 모자를 쓰고 걷다가 선크림을 바르고 선글라스를 쓴다.

틈틈이 순례자들을 만나서 이야기를 나눈다.

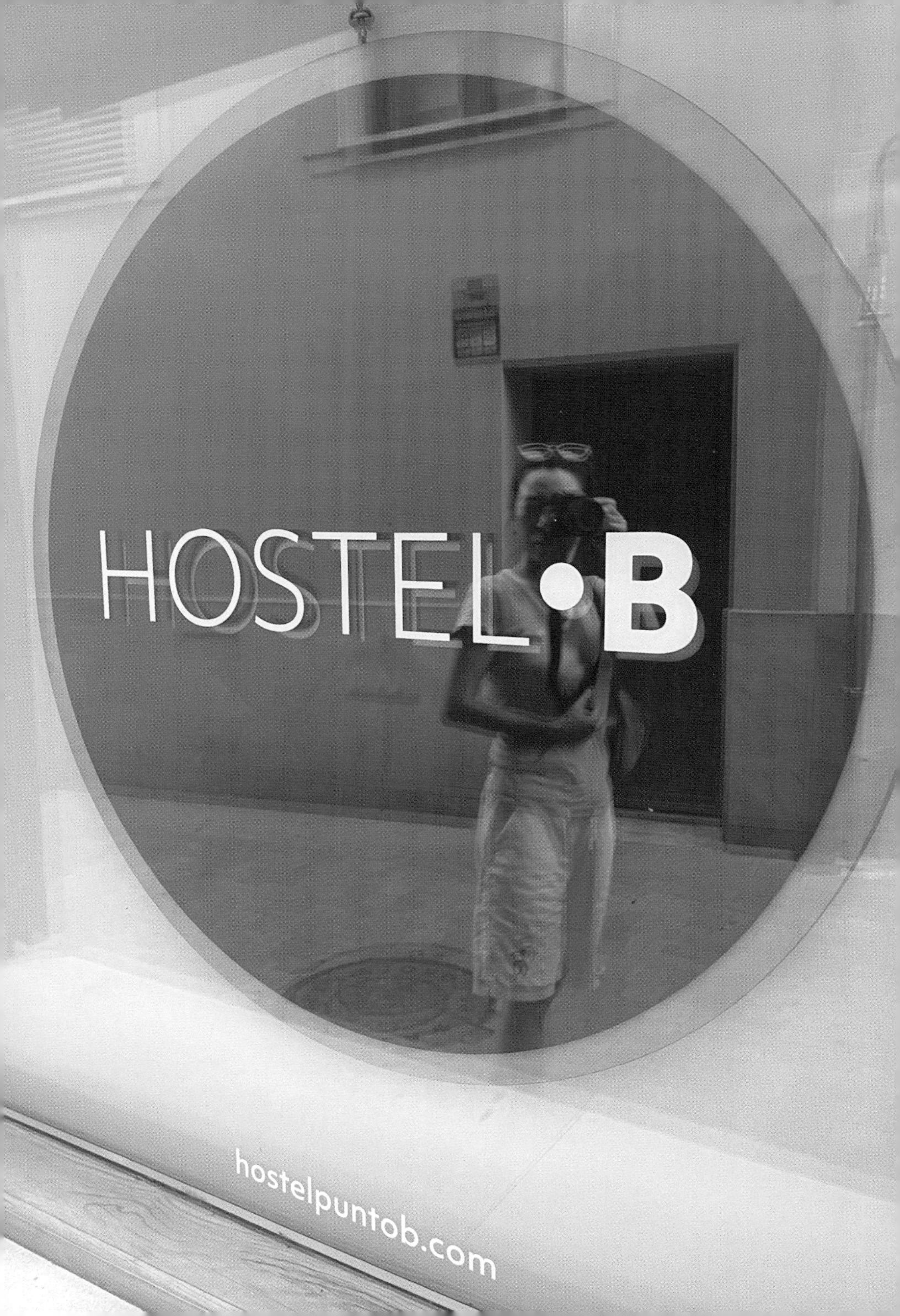
HOSTEL·B
hostelpuntob.com

걷다가 바에서 카페라테*Cafe Con Leche* 한 잔과 그 자리에서 직접 짜주는 신선한 오렌지 주스를 마신다.

가끔은 레몬 맥주와 올리브로 갈증을 해결한다.

계속 걷다가 숙소에 도착하면 샤워하고 빨래하고 낮잠을 자고 저녁 무렵엔 마을을 둘러본다.

순례자 메뉴로 저녁을 먹고 일기를 쓰고 해가 지기도 전에 잔다.

순례자의 일상은 단순하고 똑같이 반복된다.

그러나 행복의 무게는 차이가 크고 다를지도 모른다.

마을마다 동화 속의 주인공처럼 예쁘고 아름답게 꾸민다.

작은 마을이지만 아기자기한 소품과 독특한 인테리어로 한껏 멋을 낸 고급 레스토랑에선 귀에 익은 팝송과 살랑살랑 부는 바람에 고기 굽는 냄새가 감성을 찌른다.

레몬 맥주 한잔의 청량함과 수제 햄버거의 조합은 말이 필요 없다.

두 사람은 일을 하면서 가끔 눈이 마주칠 때면 행복한 미소를 짓는다.

수염이 덥수룩한 우직한 남편과 키 크고 매력적인 아내의 모습이 주위에서 어렵지 않게 볼 수 있는 평범한 부부와 흡사하다.

그들의 몸짓과 말투, 행동 하나까지 꿈틀대는 나의 행복 지수를 끌어 올린다.

거침없이 내 몸속으로 들어온다.

전율이 느껴진다.

행복은 역시 멀리 있지 않다는 진리는 여기서도 통하는 느낌이다.

축복받은 날들이다.

지상낙원이다.

레몬 맥주, 상그리아, 카페 콘 레체, 갓 짜낸 오렌지 주스, 크루아상…
순례길에서 만난 모든 것, 모든 시간이 행복했다.

6.

why. santiago

채움의 길

알람 소리에서 벗어난 지 오래다.
아침에 밍기적거리는 시간 없이 일어나게 된다.
익숙한 루틴이 되어간다.

어스름 저녁달이 걷힌 후에 나타난 일출은 언제나 나를 환상에 빠지게 할 만큼 압권이다.
어제와 다른 산티아고 순례길의 아침은 오늘도 숨이 막힐 것처럼 나를 압도한다.
새벽 풍경은 차가운 아침 공기를 가르는 오묘한 냄새로 시작한다.
갓 구운 크루아상과 진한 카페라테*Cafe Con Leche*, 감자로 만든 속이 꽉 찬 토르티야*Tortilla*로 허기진 배를 채우고 출발한다.

각자 그들만의 세계에서 자기만의 방식대로 걷는다.
때론 반복이 주는 편안함과 익숙함이 행복일 때가 있지만 반복해

서 걷기만 하다 보면 지루할 때가 있다.

유난히 발이 무겁고 걷는 걸 멈추고 싶을 때, 마을과 마을 사이가 멀어서 지칠 때, 오아시스처럼 소박하게 차려진 푸드트럭을 만나게 된다. 때론 각자의 양심에 따라 기부^{Donation}로 운영되는 곳도 있다.

허기진 마음을 채워주고 풍성하게 한다.

어느덧 목적지에 닿았을 때 잠시 동행한 친구가 묻는다.

"넌 무슨 음식을 좋아하니?"

그의 직업은 셰프다.

길 위에서 만나 내가 좋아하고 먹고 싶은 음식을 대접받는 건 행운이다.

따뜻한 체온으로 만들었을 음식은 멍한 가슴을 채워주기에 충분하다.

나 혼자만 누릴 수 없기에 친구들과 함께 빈자리를 채운다.

한 사람의 노력이 여러 사람에게 행복을 준다는 건 커다란 희생에서 나온다.

나의 모든 욕심과 번뇌와 고민을 비우고 사랑과 희망으로 가득 채워질 수 있을까?

기대는 해보지만 쉽지 않다는 걸 안다.

어쩌면 채워도 채워지지 않는 그 무엇을 쫓아 채워지기를 기대하면서 그토록 산티아고에 오고 싶어 했는지 모른다.

나는 누군가에게 무엇을 채워줄 수 있을까?

진지하게 고민해 볼 차례다.

무언가를 채우려면 비워야 한다.
비우는 연습이 더 어렵다.

7.

why . *santiago*

열정의 길

말 한마디 없이 걷기를 2시간째다.

혼자 걷는 길이 익숙하고 편해질 때가 온다는 말이 실감 난다.

그러나 사진을 찍고 싶은 풍경이 나오면 멈춰 서서 기회를 기다린다.

그곳에선 서로 사진 찍어달라는 이야기를 꺼내기가 조심스럽다.

걷기에만 몰두하기 때문이다.

방해받고 싶지 않다.

오늘은 숙소에서 만난 6명의 스페인 커플들과 함께 파티 분위기를 즐긴다.

숙소 주인의 인심은 정으로 넘치고 맘마미아 노래는 귀를 호강시키고 플라멩코 춤으로 한껏 고조된다. 어설픈 몸짓이지만 열정적으로 동참하면서 그들과 하나가 되고 싶었다.

뜨겁게 이 순간을 받아들인다.

정열의 나라답게 스페인 사람들은 열정의 유전자를 타고난 듯, 처

음 보는 사람들도 경계하지 않고, 친절하게 교감하면서 그 순간을 즐기려는 기질이 좋아 보인다. 열정으로 똘똘 뭉친 사람들과 함께하니 해피바이러스는 저절로 전염되고 아픈 다리도 통증이 잠시 사라져 버린다. 마법 같은 시간이다.

여러 사람이 한꺼번에 지나가면 초점은 흐려지고, 태양을 가리는 모자와 마스크로 얼굴을 가리기 때문에 스치는 순례자를 신경 쓰지 못한다. 그들이 낮에 입었던 순례자의 옷을 벗고 저녁엔 화장을 하고 화려한 옷으로 갈아입고 변신을 했기 때문에 몰랐는데, 알고 보니 낮에 내 사진을 찍어준 사람들이었다.

이들과의 인연은 여기서부터 시작된다.

우리나라 사람들이 제주도 올레길을 가듯이 스페인 사람들도 산티아고 순례길을 많이 걷는다. 산티아고 순례길을 다녀온 한국 사람이 제주 올레길을 만들었다고 한다.

이만하면 우리나라 사람들의 열정도 인정해 줘야 한다.

나의 숨겨진 열정이 밖으로 나오기까지 오랜 시간이 걸렸지만 새로운 발견에 대견함을 느낀다.

열정은 타인으로 인해 뿜어져 나오고 전염된다는 걸 처음 깨달았다.

잃어버린 열정을 되찾기까지 나의 희생과 위대한 모험이 있었기에 가능하다.

앞으로도 식을 줄 모르는 열정은 계속 진행형이 될 것 같다.

닿을 듯 보이는 마을이지만 2시간은 더 걸어야 목적지가 나온다.
순례길을 걷는다는 건 경쟁 없이 모두가 함께하기에
열정 하나만으로 충분하다.

8.

why. *santiago*

두려움의 길

어디선가 희미한 불빛이 나를 향해 오고 있었다.

혼자 걷는 두려움에 가슴이 오싹해지고 쪼그라들면서 정신은 혼미해져 갔다.

어두운 새벽길에서 시간이 멈춘 듯 발걸음을 멈추고 주위를 살피고 그냥 주저앉아 버렸다.

낯선 행성에 버려진 기분이다.

그러나 나쁜 기운이 오래가진 않았다.

지나가는 사람의 헤드랜턴이었다.

한숨 돌리고 정신을 차려보니 며칠 전에 만난 친구와 걷고 있었다.

처음엔 적응하기 힘들지만 나중엔 흔한 일상이 되어간다.

오솔길을 걷다 보면 강아지들을 종종 보게 되는데, 귀여울 때도 있지만 뚫어지게 쳐다보면 무서울 때가 있다.

태연한 척 옆을 지나가지 못하고 동행자를 기다린다.

사람과 동물이 어우러져서 공존하는 세상에서 두려움은 있을 수 없다.
하지만 예외도 있어 보인다.

고요한 산길을 걸을 땐 잔잔한 바람이 연주하듯 맑은 소리가 들리
지만, 울창하고 깊은 숲이 우거진 산길에서 혼자 걷는다는 건 강심장
이 되어간다는 증거다.
혼자 중얼거리면서 주문을 외워보지만 몸이 점점 경직되어 가는
걸 느낀다.
한없이 나락으로 떨어지는 두려움이 엄습해 오면 혼자의 힘으로
극복할 수 없을 때가 있다.
그럴 땐 든든한 동반자의 역할이 소중하다.
혼자가 두려울 때도 있다.

힘든 일을 두려워하지 않고 슬기롭게 극복하는 과정도 이 길을 걷
는 이유가 된다.
사람에게 상처받고 두려움을 느낄 때가 있지만 결국엔 사람에게서
치유받게 된다는 걸 명심하자.

자연으로 스며들면서 경이로운 세계를 숭배하고 두려움을 떨치는
지혜를 얻는다.
자연과 공존하는 인생, 인고의 시간이 필요하다.

혼자 걸어도 두렵지 않을 때가 온다.
온전히 나를 만나는 시간이다.

why. *santiago*

충전의 길

잠들어 있는 세포를 깨워주는 모닝커피로 하루를 시작한다.
커피 충전은 중독에 가깝다.

인생의 쉼표는 언제일까?
마침표를 향해 브레이크 없이 달려가고 있는 건 아닐까?
내가 지금 열심히 잘 살고 있나?
나를 돌아보는 시간이 필요하다.
나에게 끊임없는 질문을 던진다.
이 길을 걷는 이유이기도 하다.

낮잠 자는 나라 스페인!!
이곳에선 모든 것이 느리게 흘러간다.
걷다가 지치면 낮잠을 한숨 자기도 하고 벤치에 앉아서 망중한의
여유를 부리기도 한다.

계곡이나 강가는 최고의 휴식처가 되어준다.

길 위에서 보낸 여정은 목적지를 향해 가는 순간순간을 즐기는 의미도 있다.

구름도 쉬어가듯 뭉게구름만 덩그러니 걸쳐서 지나간다.

소소한 삶의 여유 앞에서 잠시 쉬어가고 싶어진다.

대자연의 경이로움 앞에서 내가 작아 보이는 건 처음이다.

나를 성찰하게 만든다.

숨은 진주를 찾아 떠나는 보석처럼 빛나는 나만의 시간이다.

내가 걸어온 길이 나를 단단하게 만든다.

나를 품어주었고 끌어안아 주었다.

삶의 정답은 없다.

다만 해답을 찾기 위해 걸음을 멈출 수가 없다.

내가 지금 살아야 할 이유다.

느림의 미학은 천천히 걸어야 보이는 것들을 대변해 주는 듯하다.

멈추면 비로소 보인다는 어느 스님의 말과도 뜻을 같이한다.

떠나야 할 이유가 더 많은 곳이다.

오늘은 한가로이 로그로뇨 대성당을 바라본다.
충전은 곧 나의 성찰이다.

Burgos

문화재의 도시

4.

1.

why. santiago

도전하는 길

본인의 집에서부터 걷는 것이 진정한 순례길의 시작이라고 한다.

간혹 본인의 나라, 본인의 집에서부터 걸었다는 사람도 드물지만 만나게 된다.

순례길과 인접해 있어서인지 대부분 유럽에서 온 사람들이다.

그들은 이미 순례길의 거리만큼 걸어왔던 것이다.

도전이라는 담대한 각오로 시작했던 내가 작아 보이는 순간이다.

순례길을 걷다 보면 만나는 사람들마다 공통된 질문을 하게 된다.

"이번이 몇 번째인가요?"

나 또한 똑같은 질문을 반복적으로 하고 있지만 대부분 첫 번째 온 사람들의 질문이다.

두 번째 이상 걷는 사람들은 먼저 물어보지 않는다.

여러 번째라는 건 앞으로도 계속 올 거라는 진행형일 확률이 높다.

그중에서 매년 걷는다는 사람도 있고 사계절을 한 번씩 걷고 싶다

는 사람도 있고 시간이 부족한 학생과 직장인들은 기간과 거리를 정해서 조금씩 걷는다는 사람들도 있다.

다양한 방식으로 순례길을 경험하려고 만난다.

유난히 한국인이 많다는 건 도전정신이 강하다는 방증일지 모른다.

시간은 우리를 기다려 주지 않는다.

늦었다고 생각할 때가 가장 빠른 것처럼 속도는 느려도 되지만 도전은 멈추지 말아야 한다.

이번이 끝이 아니고 시작임을 알아야 한다.

남의 삶에 신경 쓰는 시간에 자신의 삶에 투자하고 도전하라.

저 높은 곳을 향해 떠나라.

성취감에서 오는 자존감은 살면서 오래간다.

영감을 울린 나의 친구들을 응원한다.

도전하는 모든 순례자는 살아 있는 전설로 영원하길 바란다.

평지도 있지만 위험한 길도 있기에 자전거로 순례길을 완주하는
사람들을 볼 때마다 카메라 셔터를 누르게 된다.
어떤 형태로든 도전하는 모습은 아름답다.

2.

희망의 길

봄, 가을은 성수기다.

순례길은 날씨의 영향을 많이 받기도 하고 봄, 가을은 비가 자주 많이 내리기 때문에 여름을 선택했다.

개인적으로 여름에 오길 잘한 것 같다.

여름임에도 불구하고 오늘은 아침부터 음산하고 쌀쌀해서 새벽 공기가 코끝을 찡하게 만든다.

소리 없이 추적추적 내리는 비를 맞으며 걷는 기분은 환상이다.

광활한 대지를 적시는 이슬비는 천하제일경으로 만든다.

하루에 사계절을 만날 때도 있다.

비를 뚫고 순례길을 걷다 보면 어린아이들이 조가비와 팔찌, 목걸이를 만들어서 팔고 있는 모습을 종종 볼 수 있다.

아이들의 눈빛을 보면 뿌리치고 갈 수가 없다.

비싼 기념품은 아니지만 나름대로 의미를 부여하고 싶다.

절반 정도 걸으면서 한국 음식이 강하게 당길 때였다.

두 번째 만난 스페인 친구가 한국 음식을 만들어 먹자고 주방에서 나를 부른다.

메뉴는 떡볶이다.

가방에서 떡과 고추장 양념을 능청스럽게 꺼낸다.

본인의 집 근처에 한국 식당이 있어서 많이 먹어봤고 좋아한다고 한다.

나보다 더 한국 사람처럼 한국 음식만 한 보따리다.

순례자들이 남긴 식재료와 양념들을 넣고 끓이기만 했는데도 맛이 훌륭했고, 냄새를 맡고 몰려든 사람들도 한 개씩 맛본다고 아우성이다.

한국 음식으로 한껏 고조된 분위기가 차분해질 때쯤 스페인 친구가 말을 조심스럽게 꺼낸다. 예전에 순례길에서 만난 한국 사람이 우울증에 극단적 선택을 하려고 했는데 자신이 설득해서 지금은 새로운 삶을 살아간다는 이야기다.

선한 영향력으로 잘 살아가고 있다는 이야기다.

따뜻하고 희망적인 최고의 기억으로 남을 것 같다.

그의 한국 사랑은 진심이다.

나는 그의 진심을 믿는다.

그가 남긴 희망의 메시지는 떡볶이를 볼 때마다 생각난다.

꿈 같은 시간이다.

바람 불어 좋고 구름 있어 좋고 맑아서 좋고
흐려서 좋고 비와서 좋고 더워도 좋고
그래서 힘들어도 좋다.

why. *santiago*

기도하는 길

체력소모로 인해 체중이 점점 줄어든다.

무릎이 칼에 베인 듯, 한 걸음도 뗄 수 없을 것처럼 아프고 다리는 부어서 걷기 불편하고 발바닥은 찢어질 듯 쓰리지만 강한 정신력으로 걷게 된다. 통증은 계속 끈질기게 따라다닌다.

오늘은 유난히 작은 마을이지만 아기자기하고 평화로워서 아픈 것도 잠시 잊게 만들고 낮잠 자는 시간도 잊은 채 마당에서 따뜻한 햇살을 등지고 상그리아 한잔의 여유를 느낀다.

공교롭게도 갑자기 머물게 된 숙소가 성당 앞이다.

저녁 무렵 미사 시간에 맞춰 삼삼오오 마을 사람들과 순례자들이 모여든다.

작은 마을답게 인원은 10명 정도였지만 여느 때보다도 진지하다.

성당에서 순례자를 위한 미사는 이제는 특별한 일이 아니고 일상

이 되어간다.

　나의 소박한 소망은 내일이 오늘보다 더 행복해지는 것이고 모든 순례자가 무탈하게 완주하는 것이다.

　신부님의 말씀이 끝나고 각 나라에서 온 순례자들이 주위에 모인다.

　모국어로 된 기도문이 준비되어 있었고 각자 1명씩 낭독했다.

　한국어를 여기서 읽게 될 줄은 몰랐다.

　애국심은 이럴 때 용광로처럼 후끈 뿜어져 나온다.

　10명의 순례자는 국적이 모두 달랐다.

　모국어로 된 기도문을 읽으면서 한 사람씩 눈물을 흘리기 시작했다.

　내 차례가 다가오자 떨리기도 했지만 나 역시 주체할 수 없는 눈물이 주르륵 흘렀다. 이대로 그냥 울기로 했다.

　돌아가면서 나라를 대표하는 노래도 불렀다.

　마지막으로 신부님이 한 사람씩 포근히 꼭 안아주셨다.

　기념 촬영으로 끝이 났다.

　지금도 그 순간의 기억을 곱씹어 보면, 추억이 새록새록 내 가슴속에서 영원히 함께할 것 같다.

　인생은 화무십일홍花無十日紅이라 했다. 찰나의 인생을 절실히 기도하는 마음으로 살아야 한다.

　이곳에서 며칠 더 머무르고 싶었지만, 순례길을 향해 또다시 발걸음을 옮겨야 했다.

기도가 간절해지면 감동은 저절로 온다는 걸
순례길을 걸으면서 알게 됐다.

4

동행하는 길

걷다 보면 사람을 만날 기회가 많기 때문에 동행할 일이 자연스럽게 생길 때가 있는데, 그럴 땐 그냥 순리에 맡긴다.

초반에 잠시 동행한 경험이 있는데 불편했던 기억이 있다. 딱히 누구의 잘못도 아니지만 그런 동행은 그리 오래가지 못하고 혼자가 된다.

반복되는 경험을 통해서 나를 단련한다.

순례길을 완주할 때까지 함께 동행한다는 건 인내와 희생이 깔려 있어야 가능하다.

하물며 손을 잡고 걷는 건 쉬운 일이 아니다.

드물지만 손잡고 걷는 커플들을 만나면 뒷모습을 사진으로 남긴다.

벨기에에서 온 노부부는 특별하다.

나란히 손잡고 걷는 것이 아니고 할머니가 앞에서 걸으면 할아버지는 뒤에서 따라간다.

할머니를 보호해 주는 모습이 사랑스럽다.

연세가 있어 보였지만 언제나 스마일이다.

마주칠 때마다 정감이 간다.

노부부 덕분에 걸으면 걸을수록 행복함이 서서히 스며든다.

젊은 사람들 속에서 늦은 나이에 왔다는 자책을 하곤 했지만, 노부부를 보면서 부끄러워진다.

완주를 하고 미사를 드리기 위해서 찾아간 콤포스텔라 대성당에서 벨기에 노부부를 다시 만났는데, 할머니가 소중히 간직한 팔찌를 내 손목에 끼워주시고 나를 꼭 안아주면서 눈물을 흘리시고 멀리 사라지셨다.

나는 그 팔찌를 아직까지 한 번도 풀지 않고 있다.

일상으로 돌아와 서서히 잊히려 하지만 잔상이 아련한 추억으로 영원히 남을 것 같다.

살다 보면 고장 난 나침반의 초침처럼 빙빙 돌면서 방향을 잃을 때가 온다. 누구도 어느 쪽이 옳은 길인지 가르쳐 주지 않을 때 산티아고는 해답이 될 수 있다.

누구라도 동행의 길에선 친구가 된다.

행복을 지금까지는 다른 곳에서 찾았다. 그러나 행복은 바로 옆, 내 안에 있었다. 낯선 사람과 희로애락의 감정을 나누면서 함께 같은 곳을 향해 가는 법을 배운다.

나는 지금 아름다운 동행을 하고 있다.

너와 내가 하나가 되는 방법은 동행을 해야만 가르쳐 주지만,
끝까지 함께한다는 건 인내가 필요하다.

5.

why. *santiago*

에너지의 길

한국인의 매운맛 사랑은 대단하다.

요즘 해외 마트에선 한국 식품과 매운맛 라면을 쉽게 구입할 수 있다.

그러나 현지 음식 맛보기를 좋아하는 나는 해외에서는 한국 음식을 찾지 않는 편이다.

현지 음식을 먹는 게 단시간에 그 나라 사람들의 문화와 생활을 알수 있는 가장 쉬운 방법이기 때문이다.

그러나 체력적으로 점점 고갈되어 간다는 느낌이 올 때쯤, 컨디션에 따라서 다르지만 고기가 당기는 날이 많아진다.

비축해 놓은 에너지가 소진되고 면역력이 부족하다는 신호를 보낸다.

그럴 땐 한국 음식이 최고의 보약이다.

한국 친구들이 추천한 레스토랑에는 한국어로 된 메뉴판이 있었는데, 첫 장에 큰 글씨로 알아보기 쉽게 눈에 들어오고 대표메뉴인 듯

한 메뉴를 주저 없이 주문했다.

한국의 돼지갈비 양념 맛이 배어 있는 폭립과 바삭한 감자튀김이었다.

한국 사람이 많이 간다는 댓글처럼 소문대로 맛은 기가 막히지만, 감자튀김을 먹을 때는 케첩이 필요했다.

케첩을 달라고 말하기가 무섭게 내 귀를 의심한 듯 주인은 한국말로 "고추장"을 말했고 조그만 항아리에서 고추장을 퍼서 내 접시에 덜어줬다.

한국 사람들이 오면 조금씩 나눠준다고 한다.

아드레날린이 뿜어져 나올 듯 감동의 전율이 짜릿하다.

순례길에서 맛보는 한국의 맛이다.

해외에서 한국 음식을 안 먹는 내가 고추장이 반가운 걸 보면 나도 어쩔 수 없이 뼛속까지 한국인임을 느낀다.

오늘은 고추장의 빨간 매운맛 에너지 덕분에 온몸으로 에너지를 충전하고 내일을 힘차게 맞이할 것 같다.

깊은 잠에 빠질 것 같다.

내년에 한국을 방문한다는 주인의 말에 비상금으로 쓰려고 가져간 한국 돈을 기꺼이 내어주었다.

오늘은 특별히 고추장으로 힐링하고 마무리한다.

급하게 가야 하는 건 아니잖아,
천천히 에너지를 채워봐!!

6.

why.　　*santiago*

나의 길

며칠째 끝이 보이지 않는 광대한 평지를 걷고 있다.

온전히 나를 만나는 시간이며, 나만의 길이 된다.

각오는 하고 있었지만 지루하기도 하고 그늘 하나 없는 햇빛에 노출되는 시간이 많아서 가장 힘든 구간으로 알려져 있다.

견딜만했지만 조심해야 될 햇빛 알레르기는 이때부터 시작돼서 끝날 때까지 꼬리표처럼 괴롭히고 따라다닌다. 역시 약국에서 처방해 준 약으로는 해결이 안 된다.

막상 내가 나를 바라보자니 어색하기도 하고 익숙하지 않다.

솔직히 무미건조하고 따분할 때도 있다.

순례길이라고 해서 꼭 생각을 하면서 걸어야 하는 건 아니다.

하염없이 아무 생각 없이 앞사람만 바라보고 걷는 시간도 목적지를 향해 가는 순간순간을 즐기는 의미일 수도 있다.

무념무상의 담백한 시간이다.

끝이 없어 보이는 평지를 계속 걷는다는 건 인생의 끝을 향해 나의 길을 걷는 것이다.

나에 대한 생각을 제일 많이 했던 시간으로 기억된다.

평지를 걷기 때문에 감흥은 덜하지만 지열로 인해 뜨겁게 이글거리는 밑바닥에서 끓어오르는 감정의 울림은 크다.

나만의 루틴은 그때부터 생겼다.

주위에 아무도 없을 때 음악을 크게 틀고 목이 터져라 노래를 부른다.

"하늘을 날아가는 기분이야, 죽어도 상관없는 지금이야, 기분은 미칠 듯이 예술이야"

싸이의 '예술이야'라는 노래다.

내가 걷고 있는 이 길과 딱 맞아떨어지는 노랫말이다.

신나는 멜로디는 나를 저절로 흥분시키고 춤을 추게 만든다.

힘들 때 당 충전이 아니라 노래 충전을 한 셈이다.

이날부터 매일 들은 이 노래는 나의 일부가 되었다.

이 노래를 듣는 시간이 유일하게 내가 숨 쉴 수 있는 탈출구였다.

함께라면 좋겠지만 여기서는 가능하지 않다.

따로 또 같이 어울릴 듯하다.

때론 혼자, 때론 같이 상대방과 나의 템포를 조절하면서 걷는다.

나의 길을 찾아가는 길이 된다.

이 길이 나의 길인가?
끝없는 길을 하루 종일 걸으며 반복적으로 나에게 묻는다.
대답이 없어도 그냥 걸어간다. 어느새 나의 길이 된다.

7.

why. *santiago*

고향의 길

순례자들의 아침을 여는 건 알람 소리가 아닌 발꿈치를 들고 조용히 각자의 짐을 챙겨서 방문을 나서는 뒷모습에서부터 시작한다.

순례자들은 뜨거운 햇살을 피하기 위해서 최대한 아침 일찍 출발한다.

출발 시간이 당겨지면서 새벽에 출발하는 날이 많아졌다.

서서히 어설픈 순례자에서 완벽한 모습으로 다듬어져 간다.

순례길 속으로 적응되어 간다.

동쪽에서부터 서쪽으로 가는 루트이다 보니 갈수록 아침저녁으로 기온 차도 생기고 컨디션 조절의 실패로 감기에 걸린 지 며칠째다.

약을 먹었는데도 면역력이 바닥을 치는지 도통 나아질 기미가 보이지 않는다.

한국에서 가져온 감기약도 모자라서 스페인 약국에서 감기약 구입

이 벌써 두 번째다.

효과는 없고 매일 감기약에 취해가는 기분이다.

감기로 인해서 기침은 멈추지 않고 대신 사탕으로 입막음을 한다.

친구들과 걷는 것조차 불편할 정도로 민폐라고 생각하고 혼자 걷는 날이 이어진다.

마을에 도착해서 숙소를 정하지 못하고 서성이는데 한국 친구가 예상하지 못한 사진 한 장을 스마트폰으로 보내줬다.

신라면과 햇반이 한글로 적혀 있는 사진과 함께 따뜻한 마음이 담긴 메시지였다.

믿어지지 않아서 눈을 의심하고 뚫어져라 쳐다본 후 나를 기억하고 보내준 메시지를 보면서 내가 특별한 사람이 된 듯 흐뭇했다.

그 친구는 두 번째라서 그 장소를 알고 있었던 것 같다.

지도를 검색해서 찾아간 곳은 신라면을 끓여주고 숙박과 레스토랑을 함께 운영하는 곳이었다.

때마침 몇 번 마주쳤던 일본인 친구도 다리가 불편한 상황이어서 서로 편한 잠자리를 원했고 우린 평소와는 다르게 2인용 방을 선택했다.

그곳을 숙소로 정하고 기가 막히게 끓여 준 신라면을 먹고 감기약을 털어 넣고 깊은 잠에 빠졌다.

숙소는 엄마 품처럼 아늑하고 따뜻했고 효과는 기대 이상이었다.

마을의 첫인상은 매번 낯설지만 떠날 때는 항상 따뜻함으로 돌아온다.

고향의 품처럼 따뜻했던 곳을 내일이면 떠날 생각에 잠을 설친다.

내일은 또 어떤 순례길을 만나게 될지 기대가 되지만 아쉬움만 더해가는 긴 밤이 될 것 같다.

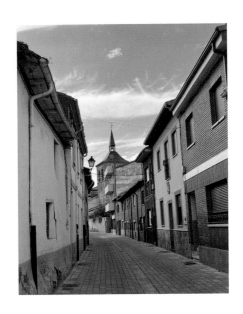

따스한 햇살이
순례자의 꿀맛 같은 휴식 속으로 들어왔다.

8.

why. *santiago*

잃어버린 길

배낭의 무게는 걷는 데 중요한 부분을 차지한다.

걷는 날이 계속 이어질수록 배낭의 무게는 가벼워지는 듯 무게를 느낄 수 없을 만큼 익숙해질 때가 오기도 하지만, 감당하기 힘들거나 몸이 아플 때 배낭을 다음 마을로 보내는 동키 서비스를 이용하기도 한다.

비용을 지불해야 하기도 하고 자신과의 약속이기도 해서 많은 사람들이 이용하지는 않는다.

나 또한 한 번도 이용하지 않았다.

그러나 심하게 아플 때는 부득이하게 한두 번쯤은 이용하는 사람들이 있는데 나쁘진 않은 것 같다.

무사히 완주하기 위해서는 이런 서비스를 활용하는 것도 추천한다.

길을 잃어본 적이 없던 내가 엉뚱한 길로 걸어가고 있었다.

주변에 물어볼 사람도 없거니와 처음 겪는 상황이라서 조금은 당황하면서 걸음을 멈추고 구글 지도를 검색했다.

1시간 이상 돌아왔다.

히치하이크를 하기로 하고 손을 들어보지만 좀처럼 멈추지 않는 자동차들은 야속하게 내 옆을 달리고 있었다.

그렇게 몇 대를 보내고 난 후 지나가던 차 한 대가 멈췄다.

길을 잃었다고 하니 합류 지점까지 무사히 태워줬다.

동키 서비스를 하기 위해 다음 마을로 가려던 차였다.

순례자임을 직감하고 선의를 베풀어 준 것이다.

그 후에도 두 번 마주치게 됐고 그때마다 자동차 클랙슨 소리와 함께 미소로 나를 응원해 주었다.

인생에서도 길을 잃어버렸을 땐 실수와 잘못을 인정하고 순발력 있게 방향을 틀어서 과감하게 문제를 해결하려는 마음가짐이 필요하다.

가장 힘들 때 시험에 들게 한다.

그렇지만 무한 긍정의 행복은 내 안에서 나온다.

해결할 수 있는 힘을 준다.

누구나 삶의 방향을 잃을 때가 온다.
극복하자! 이겨내자! 다시 시작해 보는 거야!

why. *santiago*

공평한 길

아침마다 나를 반겨주는 작은 새소리가 잠자는 대지의 영혼을 깨운다.

멘털이 강해질수록 일출은 더욱 비장하게 다가온다.

갈 길이 먼데 체력이 바닥을 드러낸 느낌이다.

짐은 최소한의 것들만 꾸리고 필요한 건 현지에서 보충하고 조달하고자 남들보다는 훨씬 가벼웠지만, 장시간 어깨를 짓누르는 무거움의 무게는 감당하기 힘들다.

완주할 수 있을까?

어느덧 중반으로 가는 길목에서 물음표를 던져보지만 느낌표로 돌아오기를 무작정 기다릴 순 없다.

반복되는 생각을 하면서 나를 그냥 믿기로 했다.

역시 누구에게라도 완주를 쉽게 내어주지 않는다.

가도 가도 끝이 없을 것 같은 길이지만 온전히 내가 걸어야 한다.

한 사람의 낙오자도 용납할 수 없고 대가를 치르고서야 달콤한 열매를 딸 수 있는 기회가 주어진다.

특별한 사람만이 걷는 길이 아니라 누구나 순례자가 될 수 있다.

그 길에서는 나이, 직업, 부와 명예 따윈 필요하지 않다.

모든 걸 내려놓게 되니 동등한 입장이 된다.

켜켜이 쌓여 있는 묵은때를 씻고 미니멀라이프가 되어간다.

그저 행복하게 무사히 걷는 것만이 중요하다.

컴퓨터 바탕화면에서나 볼 수 있는 풍경이 펼쳐지면 잔인하게 아름다운 풍광을 만나게 해준 기회를 한순간도 놓치지 않으려 애쓴다.

지금까지 나의 세계관을 뒤집은 참된 순례길에 감사하며 어제와 똑같은 마음으로 잠을 청한다.

부르고스 대성당을 하염없이 바라보면서 나를 이끄는 보이지 않는 힘으로 내일도 걷는다.

찌는듯한 태양 아래서 순례자는
같은 마음으로 하나가 되어가는 연습을 하게 된다.
서로가 서로에게 "부엔 까미노좋은 길 되세요"를 외친다.

Leon
중세 스페인의 왕국

5.

1.

신의 길

야고보의 발자취를 따라 성인의 숨결이 살아 있는 천년의 길을 타임머신을 타고 가듯, 순례자의 마음으로 신을 만나러 가는 길은 험난하다.

쉬운 길이었다면 선택하지도 않았을 것이다.

신의 영역에서 인간의 한계를 확인하고 극복하고 싶었다.

현실이지만 과거로 돌아간 듯, 과거였지만 현실로 돌아온 듯 시간을 초월해서 같은 길을 무한 반복해 걷는다.

정해지지 않은 무언가를 기다리고 누군가를 기다린다는 건 희망이고 미래다.

신은 견딜 수 있을 만큼의 시련을 준다고 했다.

감당할 수 없는 무게도 인내와 끈기로 내 것으로 만들어 보자.

신의 도움 없이 인간의 의지만으로는 힘든 길이다.

그냥은 절대로 안 가르쳐 준다.

끊임없이 걸어서 목적지에 도착 해야 가르침을 준다.

운명에 이끌려서 매 순간 아름다 운 이별을 준비하는 마음으로 완주 하러 가는 길 한복판에서 가슴이 터 질 듯 벅차오르게 한다.

소낙비가 마음의 때를 벗겨주고, 따뜻한 햇살이 가슴에 내려앉는다.

하늘의 구름도 쉬어가고, 잔잔한 바람에 마음의 짐을 덜어낸다.

내가 흘리고 있는 땀 한 방울도 생명수로 깨끗이 씻어준다.

모두 신이 하는 일이다.

신이 주신 선물을 사람들과 나누고 싶다.

그저 존경스러울 따름이다.

신은 인간이 해결할 수 있는 시련만 준다고 한다.

2.

고독한 길

날씨가 변덕이 심하다.

톡 터질 것만 같은 눈망울로 금방이라도 비를 뿌릴 것 같이 흐린
날이다.

바에 걸터앉아 카페라테^Cafe Con Leche 한 잔을 마시며 지나가는 순례
자들을 바라본다.

자연이 주는 휴식이라 생각하고 빗소리를 즐긴다.

시공간을 넘나들며 매일 혼자 걷는 순례길은 고독한 시간의 연속
이다.

믿을 수 없는 풍경에 빠져서 대자연의 소리를 듣는 시간이 행복함
을 더해준다.

고독은 외롭다가 아니다.

누구나 순례자의 길을 걷게 되면 지독한 고독에 빠지게 되는 시간
이 온다.

잔인하지만 현실이다.

내가 걷는 이 몸짓은 작은 시작에 불과하다.

혼자 걸었다고 생각했지만 포기하지 말라고 응원해 준 친구들이 있었기에 해낸 것이다.

구석구석 새겨진 마을 표지판 이름만 들어도 가슴이 설레는 이 길을 언젠가 다시 걸을 것 같은 예감이 든다.

하지만 미래는 아무도 모른다. 그저 현실에 만족할 따름이다.

항상 숨이 턱 밑까지 차올라야 목적지에 도착한다.

비록 몸이 혹사당하고 있지만 고독함이 주는 안정감에 위로를 받는다.

하루하루 다른 모습으로 바뀌는 자연이 주는 위안 덕분에 산티아고와 함께한 순간이 한없는 기쁨이다.

버킷리스트 중 하나를 이뤘다는 성취감은 앞으로 산티아고를 걷고 싶고 가고 싶은 곳으로 끌어당긴다.

목적지에 가까워지면서 기대감은 커진다.

시간을 거슬러 다시 처음으로 돌아갈 수 있다면 지구별 어느 곳이든 또 다른 시간의 땅으로 이 길이 이어져서 걷고 있을 것만 같다.

소원은 한 가지, 무사히 완주하는 것이고 고독하지만 모든 이들에게 이 길을 허락해 주셔서 감사할 따름이다.

혼자 걷는 길은 고독하지만,
순례길에서는 기꺼이 받아들이는 법을 배운다.

3.

정해지지 않은 길

걷다가 누가 먼저랄 것도 없이 눈이 마주치면 "올라^{*Hola*}"와 "부엔 까미노^{*Buen Camino*}"를 외친다.

올라는 '안녕하세요'를 의미하는 인사말인데 여기선 인심 좋고 넉 넉한 마음의 현지인과 순례자가 같은 마음으로 하루를 시작한다.

한 치의 망설임도 없이 바로 입에서 튀어나온다.

처음엔 익숙하지 않아서 쑥스럽기도 했지만 반복할수록 리듬을 타 면서 기분이 상승하고 웃고 있는 나를 발견하게 된다.

소풍 갔을 때처럼 어릴 적 기억 저편에서 성당의 종소리가 울리고 그때 귓가에 들려오는 한마디, 부엔 까미노는 누군가에게 용기를 한 꺼번에 쏟아붓는다.

'좋은 길 되세요'를 의미하는 인사말인데 이 또한 현지인과 순례자 가 서로에게 건넨다.

신이 허락한 사람들만 걷는 길 산티아고!!

한 번도 안 가본 사람은 있어도 한 번만 간 사람은 없다는 중독성이 강한 길 산티아고!!

세상의 중심에 있는 듯 가톨릭의 성지인 산티아고에서 발자취를 남기는 일은 소박한 삶 속에서 소소한 소중함을 느끼게 해준다.

발길 닿는 곳마다 순례길과 하나가 된 듯 환상적이고 비현실적인 한여름 밤의 꿈처럼 자연스럽게 스며든다.

그래서 같은 목적을 갖고 순례길에서 만난 친구들이 그립고 또 보고 싶은 이유다.

그림엽서 같은 마을은 한숨 쉬어가는 길로 안성맞춤이다.

정해지지 않은 순례자의 길을 안내하는 것 중엔 조가비와 노란색 화살표만 있는 건 아니다.

올라와 부엔 까미노처럼 서로의 마음을 전달할 수 있는 좋은 말도 있기 때문에 견딜 수 있다.

내일은 또 어떤 모습의 길과 마을 사람들을 만날지 호기심과 설레는 마음으로 잠든다.

올라^{Hola},
부엔 까미노^{Buen Camino}

4.

사랑의 길

여정의 마침표가 다가올수록 끝을 향해 걸어가야 할 시간도 짧아
진다.

나를 다시 꿈꾸게 해줄 철 십자가 *Cruz de Ferro* 도 다가온다.

각자 준비한 돌멩이에 소원을 적어 철 십자가 앞에 놓고 소원을 빌
며 기도하는 곳이다.

흐린 날씨는 계속해서 이어진다.

그러나 거짓말처럼 철 십자가 앞에 도착했을 땐 스포트라이트를
비추듯 햇살이 비추고 한 몸이 된 듯 교감하게 되고 믿어지지 않을
정도로 울림이 컸다.

사랑의 철 십자가!!

살아 숨 쉬게 해줄 철 십자가는 말없이 당당히 우뚝 서 있었다.

뜨거운 심장을 느끼는 순간이다.

쌓인 돌멩이를 보며 인간의 나약함을 인정하게 된다.

돌멩이가 아니어도 괜찮다.

이야기가 담긴 사랑하는 사람의 사진과 꽃, 조가비 그리고 기억될 만한 것들이 즐비하게 놓여 있다.

얼마나 많은 사람들이 철 십자가 앞에서 기도를 했을까 짐작해 본다.

나 역시 조심스레 신에게 건넨 손때 묻은 조가비로 사랑을 구애해 본다.

순례자들에게 아낌없이 주는 모습이 감동이다.

사진 찍을 순서를 기다리는 순례자들의 줄은 길게 이어진다.

구구절절 기도하고 기념 촬영을 한다.

철 십자가 앞에서·미국 친구가 소리 없이 찍어준 인생 사진을 보고 눈물이 왈칵 쏟아졌다.

상대방의 사진을 찍어줄 기회가 거의 없는 순례길에서 누군가가 내 모습을 찍어준다는 건 고마운 일이며 철 십자가에서의 한 컷은 사랑이다.

그 순간이 사무치게 그립다.

천년의 시간이 흘러도 묵묵히 순례자의 소원을 끌어안아 주는 철 십자가를 가슴에 담아왔다.

스마트폰에 저장되어 있는 사진은 울적할 때 꺼내 보면 아직도 울컥하게 만든다.

아직까지 사랑의 온도는 식지 않고 용광로처럼 유지되고 있다.

철 십자가에 오기까지 오랜 시간이 걸렸습니다.
사랑의 힘으로 여기까지 이끌어 주심에 감사합니다.

5.

why · santiago

영혼의 길

우연히 돌린 TV 채널에서 '스페인 민박'이란 제목이 내 리모컨을 멈추게 했다.

산티아고 순례길을 걷는 순례자들의 식사와 잠자리를 제공해 주는 알베르게를 운영하는 프로그램이었다.

처음엔 남의 이야기처럼 겉돌았지만 그 시간이 기다려졌다.

TV 속 순례자들의 사연에 빨려 들어가고 있었다.

유명연예인들과 순례자들의 만남은 신선한 충격이었지만 잘 어울렸고 감동까지 전달되었다.

막연했지만 내가 그 길을 걷게 될 것만 같은 예감은 어렴풋이 있었다.

무의식중에 잠재적으로 깔고 있으면서 기회를 노리고 있었는지도 모른다.

그리고 몇 년 후 난 그 길을 걷고 있었고 그 촬영지를 찾아갔다.

간절한 바람은 이루어진다.

마을 사람들한테 물어보기도 하고 지도를 보고 찾아가는 도중에

184

유명한 장소라는 걸 느낌으로 직감할 수 있었다.

동행한 일본 친구도 신나서 빠른 걸음으로 걸었다.

TV 화면 속 그 장소와 장면이 떠오르면서 스친다.

난 주인공처럼 내부를 둘러보고 동선을 따라갔다.

영혼을 아낌없이 불태우고자 떠났던 길에서 네잎클로버를 발견한 듯 달콤한 행운은 나를 설레게 한다.

현실과 잠시 떨어져서 걷는 길, 막연히 상상만 했던 길에서 횡재수를 맞은 듯 해맑은 미소를 지으며 사진으로 남긴다.

나의 영혼이 지치고 힘들 때 꺼내 볼 수 있는 마음의 추억이 사진이 아닐까 한다.

모든 걸 내려놓게 해준 내 영혼의 길 산티아고…
고마워!!

6.

지혜의 길

순례자의 안식처로 알려진 알베르게^{Albergue}를 구하는 건 중요한 하루의 일과다.

충분한 휴식만이 최상의 컨디션을 보장하기 때문이다.

도미토리 형태로 된 침대, 공용샤워 시설, 수영장과 레스토랑을 운영하는 등 가격대나 조건이 다양해서 골라가는 재미도 쏠쏠하다.

성수기를 피하면 예약이 필요하진 않고 선착순이지만 원하는 곳에 갈 수 있다.

검색해서 자신에게 맞는 타입으로 고르기만 하면 된다.

그중에서 베드버그^{빈대}를 피하려면 위생 상태, 청결, 댓글을 꼼꼼히 따져봐야 한다.

심사숙고 끝에 고른 숙소는 적응할 만도 한데 매일 새롭다.

수녀님들이 기부제로 운영하는 수도원 알베르게도 있는데 특별한 경험을 원하는 사람들은 일부러 찾아가기도 한다.

　영적 기운을 느낄 수 있는 시간도 되지만 저렴한 가격으로 최고의 훌륭한 잠자리가 된다.

　수녀님들의 친절하고 온화한 미소는 덤이다.

　검색했던 숙소에 도착하니 나와 몇 번 마주쳤던 스페인 부부뿐이다.

　늦은 오후 남자 1명이 들어왔는데 술 냄새가 진동하고 횡설수설 예감이 좋지 않았다.

　화장실을 반복적으로 가고 코 고는 소리에 우리는 잠을 잘 수가 없었다.

　문제는 새벽에 터지고 말았다.

　내 침대를 화장실로 착각했던지 발밑으로 실례를 하고 있는 것이다.

나는 놀라서 몸을 피하고 소리를 질렀다.

옆에서 보고 있던 아저씨가 조용히 하라고 손짓을 한다.

아저씨는 혹여나 그 남자가 이상한 행동을 할까 봐 나를 다독이고 안정시키고는 바닥을 걸레로 닦고, 아줌마는 주인한테 전화를 걸어서 상황설명을 하고, 난 젖은 침낭을 물에 담가서 빨았다.

순식간에 난장판이 되었는데 그 와중에도 사고를 친 남자는 천연 덕스럽게 코까지 골면서 자고 있었다.

주인은 미안하다는 말을 되풀이하면서 우리를 3인실로 안내했다.

예상치 못한 소동은 이렇게 끝이 났다.

유난히 햇살 좋은 날이다.

부부는 날 깨우고 떠났고 주인은 내 침낭을 세탁기에 빨아서 건조까지 해주고 경찰에 신고했다고 하면서 거듭 사과를 하고 정성스럽게 차린 아침을 대접해 주었다.

돌이켜 보면 더럽고 아찔한 일이었지만 부부의 지혜로운 행동으로 무사히 상황을 정리할 수 있었던 사건이었다고 생각한다.

급할수록 당황하지 않고 차분히 대처하려는 친절한 부부의 모습에서 연륜의 지혜를 배울 수 있었다.

침낭을 볼 때마다 헛웃음이 나오고 나를 도와준 스페인 부부가 너무 보고 싶다.

어리석음으로 인생을 망치지 말고
경험을 통해서 삶의 지혜를 배우자.

7

비움의 길

동틀 무렵 출발하면 어둠이 내려앉았던 골목을 지나 오직 나를 위해 비추는 새벽 어스름한 가로등 불빛을 쫓아 걷는다.

30분쯤 지나면 어김없이 등 뒤에선 칠흑같이 어두웠던 하늘이 서서히 붉게 물들기 시작하면서 숭고한 성찰의 길에서 일출과 마주하게 된다.

하루를 시작할 땐 트레킹화로 출발하지만 중반 이후부터 가벼운 샌들로 바꿔 신으면 걷기 수월해진다.

다리는 걸을수록 무거워지고 종착지로 향하는 거리의 숫자가 줄어들 때마다 마음은 벌써 아쉬움으로 가득해진다.

누구에게나 어깨에 짊어진 배낭의 무게만큼 가슴에 묻어둔 상처가 있다고 생각한다.

지금까지 응어리진 무언가를 비워낼 수 있을까?

배낭의 무게를 덜고 신발의 무거움이 줄어들듯이 내가 걸어온 흔적을 미련 없이 깨끗이 지워내고 비우는 작업을 하게 된다. 그러면서 몸과 마음도 가벼워진다.

하루하루 성숙해 가는 나를 보면서 현명한 선택을 했고 잘했다고 칭찬해 주고 싶다.

오래오래 내 마음속에서 머무를 것 같다.

숙소 바로 앞에서 마주하게 된 레온 대성당은 이국적이고 고즈넉하다. 성당 안에 한글로 쓰인 주의사항을 보니 뭉클해진다.

위풍당당하고 위엄한 자태를 뽐내고 있는 레온 대성당은 지친 순례자들을 언제나 반겨준다.

지금까지는 느껴보지 못했던 이 감정은 뭘까?

말없이 품어주는 곳에서 오묘한 매혹에 빠져본다.

레온 대성당의 야경은 판타스틱한 절정에 이른다. 그야말로 장관이고 낭만적이다.

스페인의 자부심이 느껴진다.

눈이 시리도록 보고 있노라면 억지로 토해내지 않아도 저절로 비움의 배움을 가르쳐 준다.

이 길이 끝나는 날 나는 어떤 모습일지 궁금해진다.

순례자의 여권이 벌써 두 권째다.

모든 것을 비우는 과정인데 스탬프는 채워져 간다.

비움과 채움으로 리셋되어 간다.

순례길에서 마주한 일출은
나의 부질없는 욕심을 내려놓게 만들고,
비워야 채워진다는 무언의 빛으로 가슴을 뜨겁게 만든다.

Sarria
순례길의 중요한 정거장

6.

1.

겸손의 길

소리 없이 안개비가 새벽부터 땅 위를 덮는다.

축축하지만 기분은 그리 나쁘지 않다.

사리아로 넘어오면서 기온은 점점 떨어지고, 습한 날이 계속 이어지면서 침낭에 의존하게 된다.

숲이 우거진 습한 기후 때문에 비는 변덕스럽게 내리다 멈추다를 계속 반복한다.

예상하지 못한 변화무쌍한 날씨를 만나는 날이 많아지면서 배낭 깊숙이 넣어둔 우비를 주섬주섬 꺼내게 되는 날이 많아진다.

거의 매일 잠깐이라도 한 번씩은 입게 된다.

스페인의 심장부로 들어온 느낌처럼 안개에 덮인 굽이굽이 펼쳐진 숲길은 4차원적이고 몽환적이면서 몽롱함을 준다.

한 치 앞도 안 보일 만큼 짙은 새벽안개가 많은 사람들 사이를 휘감으며 흩날리고 있다.

지금까지와는 전혀 다른 그림 같은 수채화에 매료되어 마음을 심쿵하게 만든다.

잠시 고요한 풍경을 바라본다.

커다란 나뭇잎이 우거진 빽빽하게 줄 맞춰 서 있는 나무들 사이를 걸을 땐 무언가 튀어나올 듯, 등 뒤가 서늘하면서 오싹한 공포감도 엄습해 온다.

그동안 햇빛 알레르기 때문에 약국을 전전했지만, 효과는 없었는데 놀랍게도 날씨가 선선한 지역으로 오면서 상태가 호전되고 있었다.

포기할 때쯤 수호신처럼 나타났다.

가려워서 힘들어하는 내 모습을 본 스페인 친구가 개봉하지도 않은 약품과 손수건을 건네고 아버지가 돌아가셔서 슬프고 허전해서 순례길을 걷는다고 하면서 눈물을 보였다.

같이 합석한 크로아티아 친구는 부모님이 돌아가셔서 왔다고 하면서 이야기를 이어갔다.

한꺼번에 터져버린 가족 이야기에 뜨거운 동질감을 느끼는 순간이었다.

바에서 마신 와인도 스페인 친구가 계산했다.

이미 많은 친구들을 만났지만, 가슴과 가슴이 이어지는 느낌은 꽤 오랜만이다.

도움을 받았던 모든 친구들에게 감사함이 쌓이면서 겸손함을 배운다.

순례자의 눈빛, 말투, 행동에서 겸손함이 묻어 나온다.
매너와 배려는 순례길에서의 예의다.

2.

긍정의 길

작은 마을뿐만 아니라 대도시라도 골목골목이 호기심을 자극한다.

100km를 남겨놓고 순례자들이 이 골목 저 골목에서 쏟아져 나온다.

예상은 했지만 상상초월이다.

최소한 100km를 걸어야 증명서를 받을 수 있기 때문에 방학을 이용한 학생과 선생님, 시간을 쪼개서 순례길을 체험해 보고 싶은 사람들로 북새통이다.

처음엔 자의적으로 내 의지대로 걸어가나 싶더니 사람들에게 휩쓸려서 타의적으로 몸이 움직여 걷는다.

이른 새벽인데도 많은 사람들 때문에 떠밀리듯이 종종걸음으로 속도는 늘지 않고 야속한 시간은 빠르게 흐른다.

여기서부터는 순례길의 순수함이 퇴색된 느낌이다.

삼삼오오 큰 소리로 대화를 하거나 시끄럽게 음악을 듣거나 노래를 부르는 사람들로 정신이 혼미해진다.

하룻밤 사이에 분위기는 완전히 달라졌고 적응할 생각에 신경이 쓰인다.

'이 또한 지나가리니'라고 강한 믿음으로 나의 갈 길을 재촉했다.

지금까지 걸어온 순례길이 아닌 또 다른 세상을 만난 것처럼 당황스럽고 혼란스러웠지만 익숙해지려고 노력했다.

처음부터 걸었던 사람들은 종착지가 다가올수록 하루하루가 아쉬운데 그렇지 않은 사람들은 표정이 천진난만 신났다.

지금부터는 숫자에 의존하면서 생각 없이 걷게 된다.

이것은 진짜가 아니다.

그동안 다져진 굳은살과 차곡차곡 쌓인 멘털이 무너지는 느낌이다.

"스페인은 자유다"라고 외친 어느 작가의 말처럼 진정한 순례길에서의 자유의 의미를 되새기게 된다.

이런 시간의 경험도 분명 이유가 있을 거라 생각하면서 일부러 긍정적인 힘으로 아드레날린을 뽑아내려 신나는 음악을 들으면서 시선을 돌린다.

숙소 예약은 필수가 되어버렸고 식당은 자리가 없어서 줄을 서거나 다음 장소로 이동해야 하는 일들이 반복되면서 편하고 여유로웠던 지난 시간들을 자꾸 떠올리게 된다.

이제부터는 긍정의 힘으로 걸어야 한다.

사리아에서부터 걷는 순례자들의 행렬이 장관이다.
복잡하고 불편하고 여유로움은 사라졌지만
그 속에서 뿌듯함을 느낀다.

3.

why. *santiago*

순례자의 길

천년의 역사를 간직한 만큼 유네스코에 등재되어 있는 길, 산티아고!!

오직 먹고 자고 걷는 단순한 일상이 얼마나 소중한지 순례자가 되고서야 알 수 있지만, 생각만큼 쉬운 길은 아니다.
순수하고 고귀한 순례자가 되기 위해서 위선과 거짓은 용납할 수 없다.
오롯이 순례자의 삶 속으로 집중해야 한다.

하루에 20km가 적당하고 큰 도시에서는 하루 더 머무르고 숙소는 다양하게 체험해 보기를 추천한다.
비록 삐걱거리고 작은 1인용 침대에 몸을 뉘지만 세상 편할 수가 없다.
순례자였기에 가능했다.

샤워실 문이 없어서 오픈된 상태로 마주 보고 샤워를 했을 때도,
수십 명이 한 공간에서 코를 골면서 잠을 이루지 못했을 때도,

갑자기 배낭의 어깨끈이 끊어졌을 때도,

물집이 며칠째 계속 이어져서 걸을 수가 없을 때도,

비를 맞고 하루 종일 걸었을 때도,

강렬한 태양 때문에 탈진했을 때도,

배낭의 무게를 견디지 못하고 주저앉았을 때도,

어두운 새벽길을 혼자 걸어야 했을 때도,

새벽에 침낭으로도 추위를 감당하기 힘들었을 때도,

혼자라서 외로움을 느낄 때도,

부족함과 불편함이 있어도 불평이나 불만이란 있을 수 없다.

이 또한 순례자의 길이기 때문에 감수해야 할 일들이다.

종착지를 향해 조금씩 다가갈수록 지난날들이 주마등처럼 지나간다.

우여곡절도 많았지만 시간여행을 한 것처럼 낯선 꿈을 꾼 듯 스친다.

내 인생의 찬란한 시간이었고 그 시간 속에서 순례자로 머물렀던 내가 자랑스럽다.

모든 순례자의 안전한 완주를 위하여 소박하지만 소원을 빌어본다.

그들과 헤어질 결심을 해야 할 시간이 다가오면서 왈칵 눈물이 시야를 가린다.

다시 순례자로 돌아가고 싶다.

신의 길 산티아고!!
순례길을 만나게 해주셔서 감사합니다.

4.

why.   santiago

외로움의 길

일출의 강렬함은 언제나 황홀하다.

차분하게 가라앉았던 경건한 마음도 떠오르는 태양 앞에선 후끈 달아오르게 한다.

천국의 색깔이 있다면 이렇지 않을까 상상하게 만든다.

외로움을 진하게 느끼는 오늘이기에 유난히 감격스럽다.

지금까지 살아오면서 이런 감정의 행복함을 느껴본 적이 있었는지 되짚어 보게 된다.

누구와도 공유할 수 없는 나만의 소중한 감정을 들키고 싶진 않다.

외로움도 장소에 따라서 좋은 정신적 시너지를 준다.

순례길에선 고통도 즐기고 외로움도 즐기고 모든 감정에 충실하게 된다.

차원이 다른 감성을 표현할 방법이 없다.

익숙해질 때도 됐건만 문득 혼자라는 생각에 외로움은 겉잡을 수

없이 커진다.

혼자라서 외로운 것이 아니라 외롭다고 느끼는 순간 혼자였기 때문이다.

힘든 일은 한꺼번에 오지만 견딜 만큼의 고통을 준다.

외로움이 오히려 나를 숨 쉴 수 있게 만들어 주는 건 아닐까?

역설적이지만 그렇다.

무대 위에서 모든 걸 쏟아붓고 난 후 화려한 조명이 꺼졌을 때,

인생 성공의 뒤안길에서 모든 걸 내려놓을 때,

마라톤에서 완주하고 정상에서 금메달을 목에 걸었을 때,

허탈한 외로움을 느낄지 모르겠지만 비로소 숨 쉴 공간을 내어준다.

순례길은 그런 길이다.

어머니 같은 존재다.

내가 이 길을 걷는다는 현실이 감사할 따름이다.

이보다 더 행복할 순 없다.

혼자라고 느낄 때 인간은 성장한다.

외로웠지만 나를 찾아가는 길은 앞으로도 계속 이어갈 듯하다.

동틀 무렵, 언제나 발걸음을 멈추고 뒤를 돌아본다.
칠흑 같은 어둠을 뚫고 떠오르는 일출은
외로움을 잠시 잊게 해준다.

why. *santiago*

충전의 길

난 독특한 사람한테 끌린다.

평범함을 거부하는 건 아니지만 특별해 보이는 건 어쩔 수 없다.

허술하거나 나약하지 않으며 견고하고 단단해 보여서 좋다.

다양한 캐릭터의 친구들을 만났고 대화를 통해서 검증한 것이다.

도착하기 하루 전날이다.

들뜬 마음을 애써 감추려 낮잠도 잊은 채 유유자적 마지막 마을을 돌아보고 있을 때 끈끈한 음식 냄새가 코끝을 심하게 자극하는 쪽으로 방향을 틀었다.

운명의 장난은 아니겠지?

첫날 만났던 신부님 그룹이 나를 반겨준다.

그중에 항상 있었지만, 눈에 들어오지 않았던 멤버들 중에서 유일하게 마주치지 못했던 낯선 얼굴의 친구가 다가왔다.

그동안 말은 섞지도 않고 눈인사만 했었는데 나에게 예수님 형상을 한 목걸이 펜던트를 선물로 건넸다.

행운을 빌어주며 따뜻하게 나를 안아주었다.

옆에서 신부님은 흐뭇한 모습으로 지켜보셨다.

성찰과 힐링은 마지막까지 나와 함께했다.

서로 낯선 순례자였지만 추억을 기꺼이 내어주었다.

마지막 날이었지만 스마트폰 배터리의 충전 게이지가 채워지듯 다시 중독 세포가 살아나는 듯하다.

자축하면서 내일을 기약한다.

순례길에서의 노을을 그다지 많이 본 적은 없지만 오늘따라 유난히 검붉게 타오르고 수줍게 사라진다.

장엄하게 해가 진다.

순례길답게 마지막 일몰이어서 감격스럽다.

울고 웃었던 순례길을 일몰의 기운을 품고 마무리하려 한다.

나는 당분간 충전하지 않아도 행복할 것 같다.

우리가 어떤 인연으로 만남을 반복했을까?
운명이었을까?

Santiago de Compostela
순례자들의 성지

7.

1.

감사의 길

완주 5km 전, 조급한 마음이 아쉬움으로 바뀌는 순간이다.

발걸음이 무뎌지면서 거꾸로 가는 느낌이다.

이제부터는 조금 늦어도 괜찮다고 다독여 보지만 시간은 야속하게도 더 빠르게 흘러간다.

이 순간을 온몸으로 혼자 만끽하고 싶다.

37일 동안의 여정이 필름처럼 스치면서 갑자기 주체할 수 없는 폭풍 오열을 한다.

하늘 아래 혼자인 듯 한참을 적막감 속에서 온전히 나를 돌아보게 되니 "넌 행운이야"라고 외치며 말하고 싶어진다.

몸의 기운이 빠지고 아팠던 다리는 뭉게구름을 걷듯 가벼워져서 잠시나마 착각을 준다.

기쁨의 눈물이 멈추기를 거부하는 듯 하염없이 볼을 타고 흐른다.

무탈하게 사고 없이 걸었다는 안도감에 감사함이 더 크게 밀려온다.

마라톤을 완주하면 이런 느낌일까?

비교할 수는 없지만 산티아고 순례길 완주는 나의 부족함을 채워주는 깨달음의 시간이었다.

난 그냥 걸었을 뿐인데, 나에게만 집중한 시간이었을 뿐인데, 감사함으로 채워진다.

경험해 보지 못한 코로나로 인해 억눌려 있던 나의 감성 세포를 흔들어 깨워서 회복시켜 준 시간에 감사한다.

경이로운 콤포스텔라 대성당 앞에 널브러져 누워서 하염없이 바라본다.

영광의 상처로 몸은 부서져 버렸고 아낌없이 불태운 다리는 자꾸 주저앉게 되지만 따스한 햇살이 아늑하게 비추며 내 몸을 감싸준다.

사진과 동영상을 찍기 위해 포즈를 취하고 포옹하고 눈물 흘리고 한마음으로 자축을 즐기며 감사의 표현을 한다.

신앙의 땅 위에 세워진 콤포스텔라 대성당!!

콤포스텔라 대성당의 내부는 화려하고 거대하다.

순례자들을 위한 마지막 미사는 순례자들의 행렬로 장관이다.

종교를 초월한 위대함에 감사한다.

모든 순례자의 성지 산티아고 데 콤포스텔라에 도착하면
세상에서 제일 편한 자세로 하루 종일 대성당만 바라보게 된다.
완주의 기쁨을 흐르는 눈물로 대신 나눈다.

2

기다림의 길

생장 피에 드 포르에서 산티아고 순례길까지 완주증명서에는 779km 가 찍혀 있다.

통상적으로 산티아고 순례길을 이야기할 때는 800km로 알고 있다.

짐작하건대 800km 이상은 걸었을 것으로 생각된다.

이 길 끝엔 무엇이 기다리고 있을까?

딱히 기다리는 사람은 없어도 고생했다고 안아주고 반갑게 맞아줄 것만 같은 착각 속에서 완주하는 그날을 기다린다.

시간을 거꾸로 돌려 다시 처음으로 돌아가 시작한다면 더 잘할 수 있을까?

오랜 기다림 끝에 해답을 찾았다.

여행을 떠나본 사람만 알 수 있고 산티아고를 걸어본 사람만 말할 수 있다.

시작과 끝을 알리는 날짜와 거리, 그리고 이름 석 자가 자랑스럽게 새겨져 있는 완주증명서가 모든 걸 대신할 수는 없지만, 절규라도 하듯, 애틋하게 오랫동안 바라봤다. 기쁨과 환희의 표정도 잠시, 코끝이 찡하고 얼굴을 실룩거리면서 눈물을 쏟는다.

순례길에서의 눈물은 흔한 일이 되어버렸다.

기쁨의 눈물이다.

완주증명서를 발부해 주는 사무실 어딘가에서 한국말이 귓가를 맴돌며 들렸다.

몸이 반응해서 자동적으로 시선은 그쪽을 향했는데 한국인이 있었다.

스페인에 거주하며 사무실에서 봉사활동을 하는 여자분이 나의 순례길 여정을 끝까지 들어주면서 고생했다고 말 한마디 건넨다.

보상과 위로를 한꺼번에 몰아서 받는 느낌이다.

뜻밖의 만남이라 어리둥절하기도 했지만 친절함에 감탄했다.

기다림은 인내의 달콤한 열매다.

풍성한 결실은 기다림에서 나온다.

순례자 여권에 마지막 스탬프를 찍는다.

스페인 서쪽 피스테라에 새겨진 0.0km 앞에서 세상에 외친다.

순례길 완주자들의 특권,
산티아고 데 콤포스텔라 지붕투어를 아시나요?

3.

why. *santiago*

후회의 길

비 온 뒤 아침 공기는 청량함을 준다.

싱그러운 바람과 햇살 담은 사람들의 미소로 소박한 하루를 연다.

기름진 땅을 밟고 걸으면서 스멀스멀 쾌쾌한 흙냄새가 코끝으로 밀고 들어오는 경험은 순례자들을 설레게 한다.

4월~6월, 9월~10월이 산티아고를 걷기에 최적의 성수기라고 말한다. 성수기에는 비가 자주 내리는 반면에 날씨가 덥지 않고 선선하다 보니 순례자들이 많이 몰리고 알베르게를 구하는 데 어려움도 많다.

그래서 난 비수기인 7월~8월에 걸었다. 날씨는 덥지만, 비 맞는 걸 싫어하기도 하고 무엇보다 알베르게를 쉽게 구할 수 있어서 좋았다.

적당한 인원의 순례자들이 걷는 비수기의 선택은 탁월했다고 생각한다.

여름인데도 일교차는 크고 뚜렷하다.

내가 만난 산티아고의 여름은 더웠지만 열정만큼은 최고였다.

한낮의 더위를 피하기 위해서 동트기 전 새벽에 출발하는 순례자들이 많다.

그곳에서는 부지런해질 수밖에 없다.

조금도 흐트러짐 없이 항상 해왔던 루틴대로 몸과 마음이 움직이고 변화하는 나를 보면 신기할 따름이다.

확연히 달라진 나를 보면서 만족감과 자존감은 극도에 치닫는다.

그러나 한편으로는 더 행복하게, 더 즐겁게, 더 배려하고 더 나누면서 걸었으면 어땠을까? 하는 미련도 있다.

하지만 최선을 다했기에 후회조차 아름답게 느껴진다.

그래서 가슴 시리도록 그립다.

일생에 단 한 번 치명적인 매력에 빠져본 일이 있는가?

후회조차도 아름답고 또 아름답습니다.

4.

다양한 길

자연은 그림이었고 순례자는 그림 속의 주인공이었다.

끝도 없는 길을 걸어가고 있는 순례자의 뒷모습은 인생샷으로도 손색이 없다.

산티아고로 가는 길은 프랑스 길, 포르투갈 길 그리고 북쪽 길 크게 세 개의 코스가 있고 그 외 다수의 길이 있지만, 프랑스 길이 순례자들 가운데 가장 유명하고 선호하는 코스다.

경관이 빼어나고 아름다운 풍경과 동화 같은 마을, 영화 속의 도시를 지나기도 하지만 편의시설과 안전에서 자유롭기 때문이다.

삶은 수없이 많은 선택의 연속이며 다양한 길이 주어진다.

포장길과 비포장 길, 숲길과 자갈밭 길을 번갈아 가면서 걷다 보면 우리네 인생길과도 많이 닮아 있다.

심장이 뛰게 하는 곳이면 어느 길이든 괜찮다.

나에게 맞는 길이면 숙명으로 받아들이고 순응하는 법을 배운다.

그렇게 거대한 산티아고의 품속으로 들어갔고 걷게 되었다.

지금까지 호락호락 허락해 주지는 않았기 때문에 그려내지 못한 나만의 지도를 그렸다.

같은 길은 접어두고 다른 길로 도전해 보려 한다.

다시 떠날 준비를 하면서 습관적으로 비행기 티켓을 검색하고 있는 나 자신을 발견할 땐 긍정적인 에너지를 얻는다.

우리는 행복의 문을 하나라고 생각한다.
착각이다.
하나가 닫히면 반드시 다른 쪽이 열린다.

5

인연의 길

인연은 예고 없이 언제나 갑자기 찾아온다.

종교적인 의미를 부여하지 않더라도 옷깃만 스쳐도 모든 인연은 소중하다.

우연한 만남이 인연으로 맺어지는 과정에서 서로 노력이 필요하다.

기회를 기다리지 말고 인연도 만들어야 한다고 누군가 조언을 해준다.

사람과 사람이 만나는 건 실타래처럼 연결고리로 이어져, 적절한 타이밍에 나타나고 엮이게 되면서 관계를 형성해 나간다.

끝맺음의 인연이 있는가 하면 시작하는 인연도 있는 법인지라 소홀히 할 수 없다.

나로 인해서 파생되는 인연은 지금까지도 이어진다.

일상으로 돌아와도 변함없는 마음을 '인연'이라는 굴레로 묶어두고 싶다.

우리만의 세계에서 우리 만의 언어로 '우리'라는 울 타리를 자연스럽게 만들어 가는 과정도 신기하다.

순례길에서 돌아와 같이 걸었던 사람들과 그때를 회 상하면서 나누는 뒷이야기 는 삶의 활력을 주고 낭만의 깊이를 더해준다.

현실로 돌아와 치열하고 숨 막히게 살다가 그들과 만나면 살아 있음을 느낀다.

이제는 말하지 않아도 서로의 눈빛만 교환했을 뿐인데 내 마음을 이해하는 듯하다.

다시 순례길을 걷고 싶다는 신호다.

이 길을 걷고 난 후에 사람들과의 인연을 통해서 앞으로 내가 어떻게 살아야 할지 방향을 정한 것 같다.

소중하지 않은 인연은 없다.

길 끝자락에서 만난 인연의 존중을 한없이 느낀다.

만나고 헤어짐은 마음대로 뜻대로 안 되는 걸 잘 알고 있다.
인연법이 따로 있다.

6.

세상에서 가장 아름다운 길

"아무도 판단할 권리는 없다. 그들은 내가 겪은 일을 알지 못하기 때문이다"

이 말을 들었을 때 내 이야기인 듯 심장이 두근거렸다.

지금 나의 행복함을 이렇게 표현하고 싶다.

시간여행을 한 내 기억 속의 산티아고는 너무나 행복했고 아름다워서, 일상으로 돌아온 지금도 견디기 힘들다.

인생에서 버킷리스트라는 꿈을 이루기 위해 너무 늦은 나이는 없다.

힘든 순례길을 여러 번 걷는 이유를 처음 걷기 시작할 때까지만 해도 몰랐다.

그저 한 번으로 만족할 줄 알았는데 다음 순례길을 계획하고 있는 나를 보면서 다시 걷는 사람들의 속마음을 목적지에 도착하는 날 깨달았다.

나는 이렇게 아름다운 길을 걸으면서 내가 태어난 이유를 곱씹어
봤다.
　분명한 건 나 혼자가 아닌 우리를 보았다.
　물음표를 느낌표로 바꿔주는 길!!

　내가 걷는 길은 누군가 먼저 걸어간 길이지만 나는 이 길이 처음이다.
　내 감정에 충실해지는 분명한 시간이었고 뜨거운 사랑을 하고 왔다.
　내 내면의 순수한 영혼을 끄집어내 줘서 고맙다.
　내가 그 길을 그리워하고 있는 동안에도 걷고 있는 모든 순례자를
존경하고 응원한다.
　앞으로 나의 꿈은 계속될 것 같다.

세상에서 가장 아름다운 길을 걸을 때
가장 행복했습니다.

Ending the Pilgrimage

산티아고 순례길을 마무리하며…

8.

나의 여정은 여기까지다.

순례자의 특권을 누렸던 37일간의 발자취가 담긴 기록을 마무리해
보려 한다.

성지로 불릴 만큼 특별했고 성스러운 신을 만나러 가는 길은 돌이
켜보면 순탄하진 않았다.

그래서 더 값지다.

생각하지 않고 행동하지 않으면 아무 일도 일어나지 않듯이 어쩌
면 그동안 이 길을 걷기 위해서 세계 여러 나라를 다니면서 세상과
소통했는지도 모른다고 생각하니 소름이 돋는다.

내가 살아온 길이 보인다.

세상만사 모든 것들이 실타래처럼 연결되어서 흘러가고 사람과 사
물의 관계도 어느 하나의 정점에서 강력한 자석이 끌어들이는 방향

으로 빨려 들어가는 블랙홀 같은 일이다.

일회성으로 끝나기엔 너무나 강렬했고 다시 도전하기엔 큰 결심이 필요하다.

완주의 기쁨을 누려본 사람과 같이 공감하며 영혼의 교감을 느끼는 것도 중요한 부분이다.

그래서 같이 걸었던 친구들과 아직도 소통하는 것도 그리움의 방증이 아닐까 생각한다.

나의 경험을 글로 풀어내는 과정은 나를 겸손하게 만들지만 많은 사람한테 영감을 주었으면 좋겠다는 바람이 더 크다.

지금까지 내 삶의 7할은 여행이라고 해도 과언은 아니다.
삶의 일부가 아닌 전부가 되어버린 여행이 나를 작가로 만들었다.

지금이 아니면 안 될 것 같아서 떠났고, 산티아고의 기운을 통째로 느꼈다.
원칙과 규칙을 잠시 잊고 자유를 만끽해도 좋을 시간이다.
역시 숨겨둔 보물을 찾았다고 볼 수 있다.
지금까지의 여행은 산티아고를 오기 위해서 한 것 같다.

산티아고와 사랑에 빠진 듯 뜨겁고 달콤했다.

단순한 삶도 한 번쯤 해볼 만하다.

다른 나라를 여행하고 돌아와서도 산티아고가 그리워서 다시 걷게 될 것 같다.

인생에서 막막하고 커다란 문제가 생겼을 때 답을 찾고 싶다면 떠나길 바란다.

난 지금 순례자에서 일상으로 돌아왔다.

순례자에서 벗어난 지금, 현실은 생각보다 큰 변화는 없지만 장담하건대 살면서 인생의 깊이는 서서히 나타나고 조금씩 나의 모습은 변하게 될 것임이 틀림없다.

그도 그럴 것이 내면에 차곡차곡 쌓아두고 다짐한 걸 한꺼번에 꺼내 보일 수는 없는 노릇이다.

다만 나를 바라보는 타인의 시선은 따가울 정도로 반응이 뜨겁다.

"지나간 세월은 잊고, 까미노에서 네 인생을 찾아라

Olvidate del tiempo pasado, y haz del Camino tu vida"

어느 알베르게 침대 옆 벽에 붙어 있는 문구가 어렴풋이 생각나는
밤이다.

그윽하게 그리울 것이다.

37일 동안 순례자의 특권과 완주자의 행운을 누렸다.
순례길을 곱씹어 보며 주마등처럼 스치는 추억에 잠긴다.

Again Santiago

어게인 산티아고

9.

겨울이 지나고 생명이 살아나는 봄이 다가오면서 닫혀 있던 마음이 열리고 굳었던 몸은 다시 산티아고를 가자고 재촉하는 듯 봄비가 내린다.

우비를 입고 하염없이 하루 종일 순례길을 걸었던 기억은 생생하게 되살아나서 하루에도 열두 번씩 결정을 힘들게 만들고 선택의 낭떠러지에 떠미는 것 같은 미련을 준다.

두 번째 도전을 준비 중이다.

다시 순례길을 걷고 싶다는 강한 의지는 머리와 가슴 밑바닥에서부터 끓어오르는 무언가가 꿈틀거리고 움직이게 만든다.

다시 갈 것 같은데 혼자는 절대로 싫다.

철 십자가에 놓고 온 조가비를 사랑하는 사람과 함께 보고 싶기 때문이다.

같은 곳을 바라보며 때론 눈물로 때론 웃음으로 걸어갈 희망을 간절히 바란다.

나 그대 기다림에 있어서 기꺼이 감수할 수 있으니 동행하길 원한다.

해맑게 웃고 있는 해바라기를 보면서
뚜벅뚜벅 다시 걸어갈 꿈을 꾼다.

Fisterra, Muxia

피스테라, 묵시아

10.

세상의 땅끝에 가보기로 했다.

버스 투어를 신청하면 하루 만에 다녀올 수 있기 때문에 대부분 마지막 필수코스로 간다.

모든 순례자의 집결지라고 할 수 있다.

몇몇 사람들은 대략 100km 거리인 그곳까지 걸어서 간다.

창밖으로 보이는 순례자의 모습을 보니 당장이라도 내려서 걷고 싶은 충동을 느낀다.

아직도 기억에서 벗어나지 못하고 있다.

0.0km 표지석 뒤로 대서양의 파란 물결과 상큼한 바람 그리고 햇살에 눈을 뜰 수 없지만, 더 이상 갈 수 없음에 줄지어 늘어선 행렬이 기념사진으로 위로하듯 끝이 없다.

숫자가 말해주듯 다시 시작하기 위한 몸부림은 차분히 가라앉는다.

해냈다는 성취감으로 서로의 눈빛은 자신감으로 가득하고 풍광조

차 평화롭고 아름답다.

저마다의 다짐과 안도감은 편한 복장에서 나온다.

허무하고 허탈해서 텅 빈 가슴을 도려내 채워야 할 것 같은 묘한 마음을 달래기 위해 등대로 발길을 돌린다.

망망대해를 하염없이 바라보니 지나온 세월의 무게가 느껴지지 않고 필요 없는 물건을 뺀 배낭처럼 홀가분하다.

지나간 과거의 묵직한 시간도 잠시 스친다.

저마다 자신의 위치에서 최선을 다하는 삶을 살아왔던 것처럼 헤어 나올 수 없는 치명적인 추억을 간직한 채 앞으로 나아가길 희망해 본다.

문득 그곳이 그리워질 때가 오면 망설임 없이, 주저 없이 만나기를 원한다.

내 마음이 일상에서 찌들지 않기를 바랄 뿐이다.

세상의 끝에서 외친다.
다시 시작할 수 있는 지혜를 달라고…

Barcelona, Gaudí

바르셀로나, 가우디

11.

위대한 건축가 가우디$^{Gaudí, 1852년~1926년}$를 만나러 가는 길은 설렌다.

자연을 표현하려 했고 자연에서 영감을 얻은 그의 건축물은 세계
문화유산에도 등재되어 있다.
그래서 천재 건축가 가우디의 발자취를 따라가 보고 싶다.

스페인 관광 산업의 중심에서 큰 역할을 담당하는 가우디는 경제
를 살린다고 할 만큼 영향력이 커 보인다.

까사 바트요$^{Casa Batlló}$는 여러 개의 직물공장을 운영하던 부유한 사
업가 바트요 씨의 집이다.
까사 밀라$^{Casa Mila}$는 가우디가 설계한 공동주택으로 현재도 사람들
이 살고 있다.
구엘공원$^{Parque Güell}$은 가우디의 평생 후원자였던 에우세비 구엘이

# 돌산이었던 펠라산 일대를 주택단지로 개발하면서 가우디에게 설계를 맡긴 공원이다.

사그라다는 성스럽다는 의미이고 파밀리아는 가족이란 의미로, 성스러운 가족성당의 뜻을 가진 사그라다 파밀리아*Sagrada Familia* 가톨릭 대성당은 1882년 첫 삽을 뜬 지 144년 만이자 가우디가 사망한 지 100주기 되는 해 2026년에 완공된다고 하니 다시 가야 할 이유가 생긴 셈이다.

오래전 인간이 만들었다고는 상상할 수 없을 만큼 정교하고 웅장하고 거대한 건축물에 압도당하는 느낌은 가히 말로 표현할 수 없는 불가사의한 신의 영역이다.

고개를 젖히고 내부를 둘러보는 발걸음은 가슴까지 뭉클함으로 전달된다.

가우디 투어는 건축물과 대성당의 위대한 보물을 예술적 감성으로 접근한 소중한 시간으로 평생 강렬하게 기억에 남을 것 같다.

위대한 유산 가우디,
다시 갈지도…

Montserrat, Sitges

몬세라트, 시체스

12.

why. *santiago*

몬세라트*Montserrat*는 바르셀로나에서 1시간 버스로 이동하면 갈 수 있는 힐링 포인트다.

성모마리아 수도원이 있는 몬세라트는 톱니 모양의 산을 뜻하는데, 돌산을 보고 사그라다 파밀리아 대성당의 영감을 얻었다고 한다.

수도원 방문 이후 갈 곳은 산 미겔 전망대*Creu de Sant Miquel*인데 수도원에서 1.2km쯤 떨어진 절벽으로 전망 좋기로 유명한 곳이다.
산 미겔 십자가가 우직하게 버티고 서있다.

검은 성모상과 수비라치 작품을 감상하는 시간도 빼놓을 수 없다.

시체스는 휴양도시로 매력 있는 골목과 맛집 등 구경거리가 많다.
산티아고에서 지친 몸을 잠시 내려놓고 해변에서 영혼을 채워본다.

축구선수 메시가 운영하는 일곱 개 호텔 중 1호점이 있는 곳으로도 알려져 있다.

큰 의미가 담긴 돌산을 한참 바라보았다.
전율이 느껴진다.

산티아고 순례길 루트, 숙소

2023년 6월 27일~8월 10일

13.

산티아고 순례길 루트, 숙소

2023년 6월 27일~8월 10일

1일 차 6/29

생장 피에 드 포르*St Jean Pied de Port*~론세스바예스*Roncesvalles*
6:15 출발~15:30 도착 25km
🛏 *Roncesvalles Pilgrims Hostel*

2일 차 6/30

론세스바예스*Roncesvalles*~수비리*Zubiri*
7:20 출발~15:00 도착 23km
🛏 *Hostel Rio Arga*

3일 차 7/1

수비리*Zubiri*~팜플로나*Pamplona*
6:50 출발~14:00 도착 20.5km
🛏 *Hostel Plaza Catedral*

4일 차 7/2

팜플로나*Pamplona*
🛏 *Pamplona Catedral Hotel*

5일 차 7/3

팜플로나*Pamplona*~푸엔떼 라 레이나*Puente la Reina*
7:50 출발~16:30 도착 24km
🛏 *Albergue Jakue*

6일 차 7/4

푸엔떼 라 레이나*Puente la Reina*~에스떼야*Estella*
7:10 출발~14:00 도착 22km
🛏 *Alda Estella Hostel*

7일 차 7/5

에스떼야*Estella*~로스 아르꼬스*Los Arcos*
6:30 출발~13:00 도착 21.5km
🛏 *Albergue Casa de la Abuela*

8일 차 7/6

로스 아르꼬스*Los Arcos*~로그로뇨*Logrono*
6:00 출발~14:10 도착 28km
🛏 *F&G Logrono Hotel*

9일 차 7/7

로그로뇨*Logrono*
🛏 *F&G Logrono Hotel*

10일 차 7/8

로그로뇨*Logrono*～나헤라*Najera*

5:45 출발～13:30 도착 28km

🛏 *Albergue Puerta de Najera*

11일 차 7/9

나헤라*Najera*～산토 도밍고 데 라 깔사다*Santo Domingo de la Calzada*

6:00 출발～11:40 도착 21km

🛏 *Albergue de Peregrinos Cofradia del Santo*

12일 차 7/10

산토 도밍고 데 라 깔사다*Santo Domingo de la Calzada*～벨로라도*Belorado*

5:40 출발～11:30 도착 23km

🛏 *Hostel. B*

13일 차 7/11

벨로라도*Belorado*～아헤스*Ages*

5:20 출발～12:30 도착 28km

🛏 *Albergue El Pajar de Ages*

14일 차 7/12

아헤스*Ages*～부르고스*Burgos*

6:10 출발～12:30 도착 21km

🛏 *Criso Meson del Cid, Hotel*

15일 차 7/13

부르고스*Burgos*~오르니요스 델 까미노*Hornillos del Camino*

6:30 출발~12:30 도착 21.5km

🛏 *Hornillos del Camino*

16일 차 7/14

오르니요스 델 까미노*Hornillos del Camino*~까스트로헤리스*Castrojeriz*

6:40 출발~12:00 도착 19.5km

🛏 *Hostel Rosalia*

17일 차 7/15

까스트로헤리스*Castrojeriz*~프로미스따*Fromista*

6:15 출발~12:30 도착 25.5km

🛏 *Albergue Luz de Fromista*

18일 차 7/16

프로미스따*Fromista*~까리온 데 로스 꼰데스*Carrion de los Condes*

6:20 출발~12:30 도착 19.5km

🛏 *Albergue Espritu Santo*

19일 차 7/17

까리온 데 로스 꼰데스*Carrion de los Condes*~레디고스*Ledigos*

6:30 출발~13:10 도착 23.5km

🛏 *La Morena*

20일 차 7/18

레디고스*Ledigos*∼사아군*Sahagun*

7:00 출발∼12:20 도착 15km

🛏 *Albergue de la Santa Cruz*

21일 차 7/19

사아군*Sahagun*∼엘 부르고 라네로*El Burgo Ranero*

6:00 출발∼11:00 도착 18km

🛏 *Albergue La Perala*

22일 차 7/20

엘 부르고 라네로*El Burgo Ranero*∼만시야 데 라스 물라스*Mansilla de las Mulas*

6:15 출발∼12:00 도착 19km

🛏 *Albergue El Jardin del Camino*

23일 차 7/21

만시야 데 라스 물라스*Mansilla de las Mulas*∼레온*Leon*

6:10 출발∼12:30 도착 19km

🛏 *Inn Boutique Leon*

24일 차 7/22

레온*Leon*∼산 마르틴 델 까미노*San Martin del Camino*

7:30 출발∼14:30 도착 27km

🛏 *Albergue La Huella*

25일 차 7/23

산 마르틴 델 까미노*San Martin del Camino*〜아스또르가*Astorga*

6:30 출발〜14:00 도착 24.5km

🛏 *Albergue San Javier*

26일 차 7/24

아스또르가*Astorga*〜라바날 델 까미노*Rabanal del Camino*

6:10 출발〜12:30 도착 20km

🛏 *Albergue La Senda*

27일 차 7/25

라바날 델 까미노*Rabanal del Camino*〜몰리나세까*Molinaseca*

6:40 출발〜15:30 도착 25km

🛏 *Albergue Santa Marina*

28일 차 7/26

몰리나세까*Molinaseca*〜까까벨로스*Cacabelos*

6:40 출발〜14:10 도착 24km

🛏 *Hostel La Gallega*

29일 차 7/27

까까벨로스*Cacabelos*〜베가 데 발까르세*Vega de Valcarce*

6:25 출발〜14:00 도착 24km

🛏 *Huellas Hostel*

30일 차 7/28

베가 데 발까르세*Vega de Valcarce*〜오 세브레이로*O Cebreiro*

8:00 출발〜12:00 도착 12km

🛏 *Albergue Municipal*

31일 차 7/29

오 세브레이로*O Cebreiro*〜뜨리아까스떼야*Triacastela*

7:00 출발〜13:00 도착 23km

🛏 *IBERIK Triacastla Hotel*

32일 차 7/30

뜨리아까스떼야*Triacastela*〜사리아 *Sarria*

7:50 출발〜13:00 도착 18km

🛏 *Hotel Roma*

33일 차 7/31

사리아*Sarria*〜뽀르또마린*Portomarin*

6:50 출발〜13:10 도착 22.5km

🛏 *Hotel Ferramenteiro*

34일 차 8/1

뽀르또마린*Portomarin*〜빨라스 데 레이*Palas de Rei*

6:25 출발〜13:30 도착 25.5km

🛏 *Hotel CASA BENILDE*

35일 차 8/2

빨라스 데 레이*Palas de Rei*〜아르수아*Arzua*
6:50 출발〜15:40 도착 28km
🛏 *LA PUERTA DE ARZUA*

36일 차 8/3

아르수아*Arzua*〜오 빼드로우소*O Pedrouzo*
6:50 출발〜14:00 도착 19.5km
🛏 *Pension Avenida*

37일 차 8/4

오 빼드로우소*O Pedrouzo*〜산티아고 데 콤포스텔라*Santiago de Compostela*
6:50 출발〜14:00 도착 20.5km
🛏 *Hotel Eurostars Araguaney*

산티아고 순례길 준비물

14.

산티아고 순례길 준비물

1. 준비물

신발(트레킹화 또는 편한 운동화), 슬리퍼(숙소용), 가방(30~40리터), 크로스백, 충전기, 미스트(스킨, 로션 대용), 워킹스틱, 헤드랜턴, 장갑, 토시, 모자(챙 넓고 끈 달린 것), 인진지(발가락)양말 2켤레, 등산양말(울) 2켤레, 속옷 2벌, 긴바지 1벌, 반바지 1벌, 반팔 1벌, 나시 1벌, 긴팔 1벌, 가디건 1벌, 바람막이점퍼 1벌, 원피스 1벌, 선글라스, 선크림, 볼펜, 수첩, 휴지, 면봉, 장바구니, 손거울, 손톱깎이, 침낭(부피 작고 가벼운 것), 손수건, 빨래집게, 수건(스포츠타올), 치약, 칫솔, 비누(세탁용), 샴푸, 폼클렌징, 셀카봉, 물티슈(비데용), 반짇고리(물집 치료용 실, 바늘), 옷핀, 우비, 줄이어폰, 세탁망(세탁 시 분리용), 개인물통, 스포츠 테이핑, 젓가락, 귀마개(수면용), 눈가리개(수면용), 복대, 기념품(선물용), 카드지갑, 동전지갑, 카메라(선택)

2. 비상약품

바셀린, 타이레놀, 지사제, 소화제, 감기약, 후시딘, 대일밴드, 통증파스, 물파스(벌레), 컴피드(물집), 베드버그 퇴치제, 무릎보호대, 비타민, 알레르기용 크림, 소염진통제, 근육통 완화 로션, 개인약품

3. 기타

항공권, 여권(복사 1장), 유심카드 또는 로밍(추천), 여행자보험, 트래블월렛카드 (추천), 신용카드, 유로현금환전, 여권사진 2장(여권 분실 시 필요함)

4. 주의사항

가방은 최대한 작고 가벼운 걸 선택한다.
개인적인 성향에 따라서 꼭 필요한 물품만 가져간다.
필요한 건 현지에서 구입한다.
트레킹화 또는 평소에 편하게 신었던 운동화도 괜찮다.
옷은 기능성으로 가져간다.
의약품은 한국제품이 좋다.

산티아고 순례길 음식

15.

15. 산티아고 순례길 음식